Desenmascarando aún más

MIGUEL SÁNCHEZ ÁVILA

Desenmascarando aún más

Copyright © 2019

Miguel Sánchez Ávila

Palabra, Gloria y Poder

New York

Prohibida la reproducción total o parcial por cualquier medio de reproducción, sin el debido permiso por escrito de su autor. A menos que se indique lo contrario, todos los textos bíblicos han sido tomados de la versión Reina – Valera 1960.

CONTENIDO

DEDICATORIA 5

PREFACIO 7

INTRODUCCIÓN 10

Parte I 19

La destrucción de la doctrina bíblica 19

Los 7 espíritus de engaño 19

PARTE II 37

Una religión mundial 37

Las sociedades secretas y el ocultismo infiltrado en las diversas religiones 37

Islam y Crislam: ¿Es el nombre "Alá" el nombre de Dios? 86

Las langostas del Apocalipsis: ¿Ejército musulmán en el Nuevo Orden Mundial? ...107

Los niños "bacha bereesh" y el matrimonio a niñas: Los niveles de perversión de los musulmanes. 115

Más ocultismo en el Vaticano 120

Saludos masones 134

Parte III 138

Sociedades secretas: Masones e "iluminados" o "illuminatis" 138

Baphomet 151

¿Simbología masónica en compañías famosas? 176

¿Han podido las sociedades secretas predecir el futuro? 179

CONCLUSIÓN 187

DEDICATORIA

La figura principal de mi familia, de mi vida y de lo que hemos hecho para el Señor, ha sido siempre Jesús, como forma visible de Dios mismo. Mi abuelo Yiye y mi mamá Noemí como predicadores siempre lo reconocieron, y por igual yo lo reconozco.

Es solamente en el Nombre Poderoso de Jesús que nuestras oraciones son hechas, son contestadas y escuchadas y solo por Él vivimos.

Al Santo, al Bendito, al Todopoderoso dedico este libro y así mismo mi mayor deseo es que sea de gran bendición a todo el que lo lea. Que tan solo de abrir sus páginas, la presencia poderosa y palpable de Dios se sienta de una manera más que especial e inimaginable y te sea fácil entender y prevenirte, y que por igual, instruyas a otros.

Dedico este libro a mi mamá Noemí y a mi abuelo Yiye, quiénes me apoyaron desde mis comienzos y en su espiritualidad y revelaciones pudieron reconocer desde que yo era un bebé, el llamado de Dios hacia mi vida aunque yo no me lo esperaba, hasta que llegó el momento en que todo se manifestó.

Este libro es hecho con el solo propósito de exaltar a Dios por encima de todas las cosas, y reconocer que solo es por su gracia y amor, y que cuando más nos apegamos e interesamos por lo espiritual, de la mano de Dios, todo lo del enemigo será desenmascarado.

Todo lo que sea de Dios y todo aquel que sea de Dios, siempre se distinguirá, y no por un "disfraz". Esa es una muy profunda forma también para ser un instrumento y para Dios también estar y seguir…DESENMASCARANDO.

"Así que, por sus frutos los conoceréis" (Mateo 7:20)

PREFACIO

En una ocasión alguien compartía conmigo una dura situación de chismes y difamaciones que estaba viviendo en su iglesia, solo porque no compartía ciertas ideas dogmáticas y me preguntó: ¿Por qué si me odian tanto y no me quieren, terminan entonces por siempre querer imitar lo que yo hago?

Yo le respondí: Bueno, porque número uno mi hermano, nadie puede dar lo que no tiene, y número dos, eso mismo habría que preguntarle al diablo respecto a Dios… ¿Si dice odiarlo y se reveló, queriendo el Trono de Cristo, por qué se la pasa imitándole y disfrazándose si él es "tan bueno" y Dios "tan malo" según él?

Aún hasta en la lógica, el diablo mismo literalmente se desenmascara. No solamente se disfraza como ángel de luz (2Corintios 11:14), sino que también es un imitador muy barato de Dios, queriendo ser igual que alguien que odia, que además es el Creador, no un ser creado como él.

Si lees la Biblia con detalle, hay muchas partes en donde puedes ver con detalle la continua imitación barata del enemigo, aún hasta en profecías relacionadas al final de los tiempos.

Cuando Moisés fue junto a su hermano Aarón ante el Faraón de Egipto, la más grande potencia de aquella época, hay un detalle que ha pasado desapercibido por muchos. Veamos primero el hecho:

"Vinieron, pues, Moisés y Aarón a Faraón, e hicieron como Jehová lo había mandado. Y echó Aarón su vara delante de Faraón y de sus siervos, y se hizo culebra. Entonces llamó también Faraón sabios y hechiceros, e hicieron también lo mismo los hechiceros de Egipto con sus encantamientos; pues echó cada uno su vara, las cuales se volvieron culebras; más la vara de Aarón devoró las varas de ellos" (Éxodo 7:10-12)

Los egipcios han usado las culebras en rituales religiosos y ceremoniales. En muros, pinturas, tallados egipcios, encantamientos y otras prácticas. De la frente de la corona del personaje real, se podía apreciar una culebra saliendo, en el caso mismo de los faraones.

Los egipcios siempre han sido famosos en la actividad de "encantar culebras", ya que al hacerles presión en la nuca, esto puede guiarlas a un tipo de catalepsia que las haga rígidas e inmóviles, pareciendo como que se transformaran en varas.

Ellos disimulaban a la culebra alrededor suyo, y por medio de un acto de juego de manos, la sacaban de su vestido como si fuera una vara rígida y recta; un truco de sus antepasados que tuvo éxitos por años.

Precisamente, el tipo de culebra de la que se habla en los trucos de "magia" que puede ser inmovilizada al poner presión justo debajo de su cabeza para llevar a cabo este acto, es justamente la cobra egipcia.

Lo de Dios era real, lo de ellos, ni eso. Así mismo son los engaños del enemigo.

INTRODUCCIÓN

A lo largo de la historia de la humanidad, y en primordialmente en el pueblo de Israel, surgieron muchos falsos profetas, o imitadores o falsificadores de los verdaderos profetas de Dios. Hoy el termino falso profeta abarca también maestros, pastores, etc. En fin, a un predicador.

Satanás siempre ha introducido falsos profetas para engañar al pueblo de Dios, en este tiempo hace lo mismo, introduciendo a la Iglesia falsos maestros, falsos pastores, falsos "apóstoles", etc. para adulterar la palabra del Señor y engañar a las gentes.

Pero, ¿cómo saber quién es el verdadero o quien es falso? Satanás hace bien su trabajo descarriando al pueblo de Dios. En cada generación se pierden miles y miles de almas a causa de Satanás, todo porque las personas han perdido la noción de estudiar, escudriñar, perseverar y orar, para que Dios alumbre su camino en el saber de las escrituras.

"Mi pueblo fue destruido, porque le faltó conocimiento." (Oseas 4:6).

No obstante Dios, nos da bases sólidas en su palabra para poder saber quién es el verdadero y quien es falso. En el Antiguo Testamento, Dios nos da las pruebas necesarias para poder distinguir con exactitud perfecta quien es el verdadero y quien es el falso. Todo esto lo podemos agrupar en lo siguiente:

Características de los falsos profetas:

#1 Los profetas falsos no recurren a Dios. Comunican al pueblo lo que ellos quieren escuchar, sirven a los deseos de la gente y no obedecen a la palabra de Dios, tergiversándola para su provecho.

(Isaías 30:9-10; Jeremías 8:11; 23:32; 28:8; Ezequiel 13:10: 1 Reyes 22:13-14; 2Corintios 2:17; 4:2; 2 Timoteo 4:3-4; 2 Pedro 2:18; Judas 1:16)

#2 Los profetas falsos tienen deseos en su corazón de ser muy populares, aman el dinero, son arrogantes, orgullosos, y aman los deseos de este mundo y lo que les puede ofrecer, para tener una vida muy cómoda y ostentosa.

(Miqueas 3:5-6, 11; Ezequiel 13:18-19; 33:31; Mateo 24:4-5,11; Hechos 8:18-19; Romanos 16:18; Fil.3:18-19; 1 Timoteo 6:3-5; 1 Juan 4:5)

#3 Los profetas falsos profetas suelen hacer y reclamar milagros.

(Éxodo 7:1-12; 8:5-7; Marcos 13:22; Hechos 8:9-11; 2 Tesalonicenses. 2:9; Apocalipsis 19:20)

#4 En cuanto a la profecía, los profetas falsos evaden la profecía bíblica dándole a la misma una interpretación subjetiva y arbitraria. La cuál casi siempre habla de un futuro radiante a pesar de la inminencia del juicio de Dios sobre el pecado.

(Jeremías 6:4; 8:11; 14:13-14; 23:17; Lamentaciones 2:14; Ezequiel 13:10; Miqueas 3:5; 1 Tesalonicenses 5:3)

#5 Los profetas falsos frecuentemente no aciertan NUNCA a lo que pasará en hechos futuros.

(Dt.18:21-22; 1 Reyes 22:11-12; Jeremías 28:10-11; 1 Juan 4:1)

— Su destino como el de sus seguidores es la condenación eterna.

(Tesalonicenses 2:11-12; 2 Pedro 2:1-3, 17; Judas 1:13)

Pero… ¿Y qué habla la Biblia de un verdadero Profeta?

Características de los verdaderos profetas:

#1 Los profetas verdaderos siempre se apoyaban con los otros mensajes que Dios les comunicaba a otros profetas verdaderos. Los mensajes nunca se contradecían ni desechaban a otro anteriormente revelado.

(Jeremías 26:17-19; Daniel 9:2; Miqueas 3:12; Amós 3:7 y (Deuteronomio 13:1-3).

#2 Los profetas verdaderos estaban siempre dispuestos a ser perseguidos, a sufrir, morir, a ser inmolados, por la obra y la Palabra del Señor. Y la mayoría así lo fueron.

(1 Reyes 22:27-28; Jeremías 38:4-13; Ezequiel 3:4-8; Mateo 6:15; Hebreos 11:36-38).

#3 Los verdaderos profetas hacían milagros ocasionalmente.

(Éxodo 5-12).

#4 Los profetas verdaderos siempre se conocían por su genuina integridad, humildad, y sinceridad hacia el pueblo de Dios.

(Isaías 28:7; Jeremías 23:11; Oseas 9:7-9; Miqueas 3:5, 11; Sofonías 3:4; Hechos 21:10-11)

#5 Los profetas verdaderos siempre acertaban lo que iba pasar en hechos futuros y era porque Dios se los demostraba, no porque "adivinaban" por sí mismos.

(Deuteronomio 18:21-22; 1 Reyes 22:28; Jeremías 28:13-17; Hechos 11:28).

No nos equivoquemos. Hoy el don profético del Nuevo Testamento (Romanos 12:6; 1Corintios 12:10) primeramente tiene que ver con proclamación de lo ya establecido, no con una "nueva revelación". El profeta del Nuevo Testamento "habla a los hombres para edificación, exhortación y consolación" (1Corintios 14:3). Es un predicador, no una fuente de revelación continua. Su tarea es de proclamar, es decir, él proclama una verdad ya revelada que fue una vez dada a los santos (Judas 1:3); no es un conducto de una revelación contraria a la Biblia, y por igual es así mismo con las señales, prodigios o aparentes milagros, ya que por sí solos, y sin el respaldo mencionado adjunto, los mismos milagros no son prueba de que una persona hable por Dios si contradice lo que Dios establece (Mateo.24:24; 1 Juan.4:1)

El señor Jesucristo hizo una aclaración al respecto de cómo reconocer quienes son los verdaderos o falsos profetas y para esto nos hizo una aclaración al respecto que por el fruto se reconocerían.

Fruto aquí se refieren a más que sus obras; incluyen su doctrina. Una persona que habla en nombre de Dios ha de ser probada por las doctrinas de la Biblia. El mismo principio se mantiene vigente hoy. Los predicadores y ministros deben ser probados a la luz de las verdades de la Palabra de Dios (Judas 1:3; Apocalipsis 22.18, 19).

"Guardaos de los falsos profetas, que vienen a vosotros con vestidos de ovejas, pero por dentro son lobos rapaces. Por sus frutos los conoceréis. ¿Acaso se recogen uvas de los espinos, o higos de los abrojos? Así, todo buen árbol da buenos frutos, pero el árbol malo da frutos malos. No puede el buen árbol dar malos frutos, ni el árbol malo dar frutos buenos. Todo

árbol que no da buen fruto, es cortado y echado en el fuego. Así que, por sus frutos los conoceréis" (Mateo 7:15-20).

Sin embargo, vivimos en días de más confusión, donde también se juzga y se mezcla doctrina con dogmas o normas que cada cual pone en sus iglesias o concilios, en su mayoría por una experiencia personal y/o sencillamente preceptos que los quieren hacer como si fueran doctrina bíblica general que todos deben de aplicarse o sino "son apóstatas".

La iglesia evangélica por años ha tenido ese problema y Cristo mismo habló de esto. Es un problema que siempre ha trascendido en las diferentes culturas y épocas en la historia de la humanidad, pero como nacido en el evangelio, puedo decir con firmeza, que ese problema está más fuerte ahora.

"Este pueblo de labios me honra; más su corazón está lejos de mí. Pues en vano me honran, enseñando como doctrinas, mandamientos de hombres" (Mateo 15:8,9)

Puede parecerte increíble, pero en mis viajes me he encontrado con iglesias en países de habla hispana, que predican que el que la mujer "use shampoo" o "perfume" o que aunque use un anillo de matrimonio, es supuestamente "ostentoso" y que predicar eso es "sana doctrina" porque "sin santidad nadie verá al Señor", usando textos fuera de contextos para sustentar opiniones dogmáticas que no tienen que ver.

En confianza te puedo decir que eso no es "sana doctrina". La sana doctrina bíblica es una fuerza espiritual que te sostiene por la misma verdad del poder de Dios, el mismo Verbo, Jesús, que es la Palabra misma, que te fortalece, te llena y te da vida.

En este libro no solo hablaremos de engaños por medio del ocultismo, ya que enemigo no solo se ha infiltrado por ese medio, sino también por medio de espíritus de engaño y de error dentro de los creyentes para limitar el poder de la iglesia y perder el tiempo en peleas y en cosas que ni salvan ni condenan.

Divide y vencerás. Y claramente, nadie conocedor de la verdad, se puede unir a alguien que predica disparates o que tiene su propia doctrina para aprovecharse de la gente que no lee la Biblia o que se dejan engañar por falta de conocimiento.

Parte I
La destrucción de la doctrina bíblica
Los 7 espíritus de engaño

Nuestro mundo está repleto de estafadores, mentirosos y ladrones que buscan engañarnos. Pero la Biblia nos advierte acerca del embaucador más grande de todos: Satanás, el diablo. ¿Conoce usted sus tácticas? ¿Está preparado para evitar sus enredos, o podría caer víctima de sus engaños?

Todos conocemos historias de vendedores deshonestos que procuran defraudar a personas de edad avanzada para quitarles sus ahorros de toda la vida. En Puerto Rico me tocaron muchas personas deshonestas en ventas de carro y más. Quizás sepas de hombres de negocios corruptos que adulteran la contabilidad para estafar a los inversionistas y evadir impuestos. Quizás usted haya sido víctima de ladrones que entraron en su casa y le robaron lo suyo. Una vez eso me tocó a mí.

El apóstol Pablo advirtió a los Corintios contra los falsos ministros: "Estos son falsos apóstoles, obreros fraudulentos, que se disfrazan como apóstoles de Cristo. Y no es maravilla, porque el mismo Satanás se disfraza como ángel de luz. Así que, no es extraño si también sus ministros se disfrazan como ministros de justicia; cuyo fin será conforme a sus obras" (2 Corintios 11:13-15).

Sí, así es: Satanás tiene muchas estrategias, tretas y maquinaciones para confundirnos. Algunos, sin saberlo, lo adoran como un "ángel de luz" (2 Corintios 11:14), mientras que otros acuden a él en sesiones espiritistas, en el tarot y en la astrología. Millones juegan con el ocultismo y buscan respuestas en los adivinos y místicos. Sin embargo, Satanás también cuenta con maquinaciones más sutiles.

El apóstol Pablo, instando a perdonar a un pecador arrepentido, dice: "Para que Satanás no gane ventaja alguna sobre nosotros; pues no ignoramos sus maquinaciones" (2 Corintios 2:11).

¿Cómo puede distinguir usted entre la verdad y el error? Jesús oró así por sus discípulos: "Santifícalos en tu verdad; tu

Palabra es verdad" (Juan 17:17). Sí, la Palabra de Dios, la Biblia, entonces… ¡Es la verdad! Sin embargo, Satanás puede embaucar incluso a las personas religiosas. No es raro que se presente como un "ángel de luz". Se vale de ministros falsos que parecen genuinos pero que en realidad son timadores fraudulentos.

Como cristianos debemos ser conscientes de las tretas de Satanás. Existe en nuestro tiempo siete específicos engaños operando muy activamente, y son los más graves que emplea el enemigo para destruir a la gente y alejarla de Dios.

PRIMER ENGAÑO: FALSAS DOCTRINAS

¿Dónde encontramos las doctrinas o enseñanzas de Dios? Jesús dijo: "Conoceréis la verdad, y la verdad os hará libres" (Juan 8:32). La verdad se revela en la Biblia, pero tenemos que practicar la verdad. En el versículo anterior, Jesús dijo: "Si vosotros permaneciereis en mi palabra, seréis verdaderamente mis discípulos" (v. 31).

Es triste confirmar que la mayoría de las personas se niegan a practicar la verdad. El apóstol Pablo profetizó que algunas personas "religiosas" se buscarían maestros que les predicaran lo que ellas deseaban oír y no la verdad de la Biblia. Al joven evangelista Timoteo, lo exhortó en estos términos: "Te encarezco… que prediques la palabra; que instes a tiempo y fuera de tiempo; redarguye, reprende, exhorta con toda paciencia y doctrina. Porque vendrá tiempo cuando no sufrirán la sana doctrina, sino que teniendo comezón de oír, se amontonarán maestros conforme a sus propias concupiscencias, y apartarán de la verdad el oído y se volverán a las fábulas" (2 Timoteo 4:1-4).

¿Está usted dispuesto a dejarse guiar y corregir por la Biblia? ¿O se dejará desviar hacia las fábulas?

"Respondiendo Jesús, les dijo: Mirad que nadie os engañe. Porque vendrán muchos en mi nombre, diciendo: Yo soy el Cristo; y a muchos engañarán" (Mateo 24:4-5)

Jesús predijo que muchos se valdrían de su nombre y "a muchos engañarán". En el versículo 24 de ese mismo capítulo, advierte: *"Se levantarán falsos Cristos, y falsos profetas, y harán grandes señales y prodigios, de tal manera que engañarán, si fuere posible, aun a los escogidos"*

¿Estará usted entre los engañados?

Satanás, el diablo, ha embaucado al mundo entero. À los que engaña los mantiene cautivos, en 2 Timoteo 2:26 dice: *"Escapen del lazo del diablo, en que están cautivos a voluntad de él"*. Debemos estar atentos ante las mentiras del diablo. Debemos, como el apóstol Pablo, conocer sus maquinaciones.

SEGUNDO ENGAÑO: LA CONCUPISCENCIA

La naturaleza humana está llena de vanidad, celos, codicia y concupiscencias. Satanás puede aprovechar esa propensión y esa flaqueza de todos nosotros. Envía tentaciones por medio de personas carnales y codiciosas pero también por los medios de difusión: El cine, la televisión, las revistas y hasta el internet y más.

El apóstol Pablo advirtió a los casados que no se privaran el uno al otro de las relaciones sexuales, pues de ese modo Satanás podría aprovecharse de nuestra naturaleza carnal: *"No os neguéis el uno al otro, a no ser por algún tiempo de mutuo consentimiento, para ocuparos sosegadamente en la oración; y volved a juntaros en uno, para que no os tiente Satanás a causa de vuestra incontinencia" (1 Corintios 7:5)*.

En nuestra era moderna, vivimos rodeados de tentaciones carnales. Por eso, el apóstol Pablo aconsejó así a quienes podrían carecer de dominio propio: "A causa de las fornicaciones, cada uno tenga su propia mujer, y cada una tenga su propio marido" (1 Corintios 7:2).

Es necesario comprender que la lujuria y la codicia son pecados. El décimo mandamiento dice: *"No codiciarás la casa de tu prójimo, no codiciarás la mujer de tu prójimo, ni su siervo, ni su criada, ni su buey, ni su asno, ni cosa alguna de tu prójimo" (Éxodo 20:17).*

En vez de codiciar, agradezca todas las bendiciones que Dios nos ha dado. En Filipenses 4:19 se promete suplir todas nuestras necesidades reales. Pero debemos comprender también que la codicia es una forma de idolatría. Podemos desear a una persona, un cargo o un objeto con tanto anhelo, que se convierte en ídolo para nosotros. Recordemos esta amonestación: "Haced morir, pues, lo terrenal en vosotros: fornicación, impureza, pasiones desordenadas, malos deseos y avaricia (amor al dinero), que es idolatría" (Colosenses 3:5).

Necesitamos orar y tener presente lo que Jesucristo nos enseñó: *"No nos metas en tentación, más líbranos del mal; porque tuyo es el reino, y el poder, y la gloria, por todos los siglos. Amén" (Mateo 6:13).*

TERCER ENGAÑO: ORGULLO, VANIDAD Y ARROGANCIA

El egoísmo y el egocentrismo constituyen parte integral de la naturaleza humana. Nos gusta sentirnos importantes, pero esa inclinación nos puede llevar al engaño. El apóstol Pablo instruyó a Timoteo en cuanto a la ordenación de "obispos" o supervisores, describiendo así algunas características del candidato: *"No un neófito, no sea que envaneciéndose caiga en la condenación del diablo. También es necesario que tenga buen testimonio de los de afuera, para que no caiga en descrédito y en lazo del diablo" (1 Timoteo 3:6-7).*

¿Permite usted que el orgullo y la vanidad influyan en su mente y sus acciones? En tal caso, puede estar engañado. Puede caer en el lazo del diablo. ¿Cómo contrarrestamos el egocentrismo y la vanidad? El apóstol Santiago dijo: *"Humillaos delante del Señor, y Él os exaltará" (Santiago 4:10).*

¿Recuerda usted los ejemplos bíblicos de personas que cultivaron la soberbia y no dieron gloria a Dios? ¡El rey Herodes se dejaba adorar como un dios! Cultivaba la vanidad y la arrogancia. ¿Y cómo terminó?

"Un día señalado, Herodes, vestido de ropas reales, se sentó en el tribunal y les arengó. Y el pueblo aclamaba gritando: ¡Voz de Dios, y no de hombre! Al momento un ángel del Señor le hirió, por cuanto no dio la gloria a Dios; y expiró comido de gusanos. Pero la palabra del Señor crecía y se multiplicaba" (Hechos 12:21-24).

Otro rey que tuvo que aprender la lección por las malas fue Nabucodonosor. Cuando no hizo caso del consejo de Daniel de arrepentirse, Dios le quitó el reino. Además, el Rey quedó reducido a vivir como un animal siete años, hasta que aprendió la lección. Esto lo leemos en Daniel 4.

Tenemos que estar atentos contra el orgullo. Cuando Dios nos bendiga, demos la gloria a Él. En palabras del apóstol Pablo, *"El que se gloría, gloríese en el Señor" (1 Corintios 1:31).*

CUARTO ENGAÑO: LA MENTIRA

En el Nuevo Testamento hay un clásico ejemplo de mentira. Los miembros de la Iglesia cristiana primitiva donaban propiedades y fondos para ayudar a sus hermanos en la fe. Pero cierto individuo llamado Ananías cometió fraude. Dijo que había entregado a la Iglesia todo el producto de una venta, pero en realidad retuvo parte de los fondos. Le mintió al apóstol Pedro, como leemos en este pasaje: *"Cierto hombre llamado Ananías, con Safira su mujer, vendió una heredad y sustrajo del precio, sabiéndolo también su mujer; y trayendo solo una parte, la puso a los pies de los apóstoles. Y dijo Pedro: Ananías, ¿por qué llenó Satanás tu corazón para que mintieses al Espíritu Santo, y sustrajeses del precio de la heredad? Reteniéndola, ¿no se te quedaba a ti? y vendida, ¿no estaba en tu poder? ¿Por qué pusiste esto en tu corazón? No has mentido a los hombres, sino a Dios. Al oír Ananías estas palabras, cayó y expiró. Y vino un gran temor sobre todos los que lo oyeron"* (Hechos 5:1-5).

Más tarde llegó Safira. Ella también mintió y sufrió el mismo juicio que su esposo. ¡Murió al instante! Debemos comprender que Satanás es el padre de la mentira, como dice en Juan 8:44. Por tanto, examínese a sí mismo. Vigile sus comunicaciones. ¿Adorna usted la verdad? ¿O simplemente miente? No permita que Satanás se aproveche de usted como hizo con Ananías y Safira. Recuerde que el noveno mandamiento dice: *"No hablarás contra tu prójimo falso testimonio" (Éxodo 20:16)*. También debemos comprender el peligro de vivir una mentira. Muchos que se dicen cristianos ¡lo hacen! Sin embargo, las Escrituras nos advierten: "El que dice: Yo le conozco, y no guarda sus mandamientos, el tal es mentiroso, y la verdad no está en él" (1 Juan 2:4).

¡Pídale a Dios que le ayude a decir la verdad y a vivir la verdad!

QUINTO ENGAÑO: FALSOS SUEÑOS, VISIONES Y "MILAGROS"

Se ha dado mucho recientemente y estoy seguro que te vendrán a la cabeza ciertas personas. Recuerdo que me hablaron de una persona que subió un video a Youtube, totalmente histérica, haciendo ver que hablaba en el espíritu y diciendo que ponerse gorras condenaba al infierno y que había visto una visión de personas allí por "estar en gorras".

Un individuo en Puerto Rico, en una ocasión se aprovechó de la partida reciente de mi abuelo Yiye para predicar y dar fechas de que "un asteroide venía a traer juicio". Asombrosamente muchas iglesias pentecostales lo invitaron para supuestamente dar hasta conferencias de su supuesta visión y le daban ofrendas por todo lo que inventaba. Yo me paré firme contra esto y me insultaban por Facebook diciendo que por no estar de acuerdo con este disparate de una persona que ni cuerda se veía, que yo era "apóstata"… ¡¿Qué tiene que ver la apostasía o la sana doctrina bíblica con creer o no a una profecía falsa que ni siquiera estaba en la lógica de la razón?! Claramente mucha gente está en confusión y realmente no saben lo que es ser un creyente.

Él decía que un asteroide iba a caer en Puerto Rico e iba a hundir a medio país. Hermano, solo con un meteorito los dinosaurios se extinguieron. CON UN ASTEROIDE como él lo describía, media humidad DESAPARECERÍA. Cuando yo explicaba esto, me citaban el texto bíblico que dice que "nada hay imposible para Dios".

La gente en el desconocimiento y la ignorancia, hasta llamaban al servicio de meteorología del Caribe para saber si veían a algún asteroide viniendo.

El objetivo del enemigo es restar credibilidad al evangelio y ridiculizarlo. Gente que sale de la nada auto proclamando lo que no son, le hacen muy bien el trabajo y esto aparta a muchos de los caminos de Dios.

Hace tiempo me contaron de un evangelista no tan conocido que quería saltar a la fama rápido. Él se ideó un plan con una persona que más tarde confesaría.

Al comienzo de las campañas, había gente asignada escribiendo el nombre y datos de casi todas las personas que entraban, y anotaban su tipo de vestidos, prendas, ropas, color y etc., con las que iban a las actividades. También escribían si estaban enfermas o padecían de alguna condición.

Este "predicador", si es que ya se le podía llamar así, tenía un pequeño audífono, por donde alguien le hablaba al final de mensaje. Allí la persona le comunicaba con detalles, las descripciones específicas de cualquiera que elegían que estaba en la campaña, y de quién ya tenían sus datos. Él los llamaba al frente, describiendo absolutamente todo con exactitud: Color de pelo, color de vestido, condición o enfermedad, y todo lo que estaba anotado, haciendo como que estaba profetizando y las personas pasaban maravilladas pensando que era la voz de Dios que le estaba diciendo todo.

No pasó mucho para que esta persona fuera descubierta.

Eso de manipular a personas también por falsos sueños, visiones y etcétera, no es tampoco algo nuevo, pero se ha venido acrecentando cada vez más en nuestros días debido a la dominación y control que se quiere imponer en otros, con objetivos de auto exaltación y auto gloria.

"Y será mi mano contra los profetas que ven vanidad y adivinan mentira; no estarán en la congregación de mi pueblo, ni serán escritos en el libro de la casa de Israel, ni a la tierra de Israel volverán; y sabréis que yo soy Jehová el Señor" (Ezequiel 13:9)

"Me dijo entonces Jehová: Los profetas profetizan mentiras en mi nombre: Yo no los envié, ni les mandé, ni les hablé; os profetizan visión mentirosa, adivinación y vanidad, y el engaño de su corazón" (Jeremías 14:14)

SEXTO ENGAÑO: AMARGURA

Si no tenemos cuidado de vigilar nuestros sentimientos, podemos caer en la amargura. Tal vez alguien nos ofenda. Entonces la herida se convierte en rencor. Se nos ocurren ideas de venganza. Si cultivamos tales sentimientos y los fomentamos, pueden convertirse en odio. Entonces el odio se convierte en amargura. El cristiano tiene que identificar y superar todo sentimiento de odio y amargura. Tomemos nota de estas instrucciones: *"Seguid la paz con todos, y la santidad, sin la cual nadie verá al Señor. Mirad bien, no sea que alguno deje de alcanzar la gracia de Dios; que brotando alguna raíz de amargura, os estorbe, y por ella muchos sean contaminados" (Hebreos 12:14-15).*

¿Cómo contrarrestar tales emociones? Simplemente siguiendo las instrucciones de Jesucristo: *"Yo os digo: Amad a vuestros enemigos, bendecid a los que os maldicen, haced bien a los que os aborrecen, y orad por los que os ultrajan y os persiguen; para que seáis hijos de vuestro Padre que está en los*

Cielos, que hace salir su Sol sobre malos y buenos, y que hace llover sobre justos e injustos" (Mateo 5:44-45).

Aun personas que profesan el cristianismo caen a veces en la trampa de maquinar venganza por alguna ofensa o injusticia. Dios nos advierte que evitemos tal actitud: "No digas: Yo me vengaré; espera al Eterno, y Él te salvará" (Proverbios 20:22). Nuestro Señor y Salvador dio el ejemplo, pues "cuando le maldecían, no respondía con maldición; cuando padecía, no amenazaba, sino encomendaba la causa al que juzga justamente" (1 Pedro 2:23).

Ore pidiendo la intervención de Dios: que Él ejecute su juicio justo. Él ejecutará venganza si es lo indicado divinamente. El cristiano no debe tomar la venganza en sus propias manos y ceder ante la actitud satánica del odio. Las Sagradas Escrituras nos amonestan: "Pues conocemos al que dijo: Mía es la venganza, yo daré el pago, dice el Señor. Y otra vez: El Señor juzgará a su pueblo. ¡Horrenda cosa es caer en manos del Dios vivo!"(Hebreos 10:30-31).

Los cristianos debemos orar por nuestros enemigos. Así es como vencemos la actitud maligna de odio y amargura.

SÉPTIMO ENGAÑO: FALTA DE FE

Cuando Satanás atacó a Job, el patriarca se mantuvo fiel a "la fe es por el oír, y el oír, por la palabra de Dios" (Romanos 10:17).Dios… y aprendió lecciones espirituales de vital importancia. En un momento dado, Job dijo: *"El temor que me espantaba me ha venido, y me ha acontecido lo que yo temía"* (Job 3:25).

Como creyentes, debemos afrontar nuestros temores con fe y pedir la protección y la intervención de Dios. Cuando estudiamos la Biblia y creemos las promesas de Dios, Él nos da fe. Las Escrituras nos recuerdan que *"la fe es por el oír, y el oír, por la palabra de Dios"* (Romanos 10:17)

La falta de fe nos expone a caer en los engaños de Satanás. El libro de hebreos narra la infidelidad de los antiguos israelitas que no tenían fe ni confiaban en Dios. Nosotros debemos aprender de su dureza de corazón y evitarlo en nuestra vida: *"Mirad, hermanos, que no haya en ninguno de vosotros corazón malo de incredulidad para apartarse del Dios vivo; antes exhortaos los unos a los otros cada día, entre tanto que se dice:*

Hoy; para que ninguno de vosotros se endurezca por el engaño del pecado" (Hebreos 3:12-13).

Los que carecen de fe en Cristo y persisten en confiar en Satanás acabarán por destruirse: *"Los cobardes e incrédulos, los abominables y homicidas, los fornicarios y hechiceros, los idólatras y todos los mentirosos tendrán su parte en el lago que arde con fuego y azufre, que es la muerte segunda" (Apocalipsis 21:8).* Felizmente, también hay buenas noticias para quienes tengan fe y eviten los enredos de Satanás. *"El que venciere heredará todas las cosas, y yo seré su Dios, y él será mi hijo" (verso 7).*

Dios desea que usted sea su hijo o hija lleno de fe y de confianza por medio de Jesucristo. Él le dará su fe si usted se vuelve a Él de todo corazón. Mientras tanto, ármese de conocimiento espiritual y no se engañe a sí mismo. Evite los engaños del mundo. Evite también los engaños de Satanás. El apóstol Pablo nos recuerda que los cristianos no ignoramos las maquinaciones satánicas.

"Para que Satanás no gane ventaja alguna sobre nosotros; pues no ignoramos sus maquinaciones" (2Corintios 2:11).

PARTE II

Una religión mundial
Las sociedades secretas y el ocultismo infiltrado en las diversas religiones

La Institución Católica cada vez más ha venido mermando en los últimos años y perdiendo adeptos y seguidores, esto debido entre muchas otras cosas, a los continuos escándalos sexuales por parte de los sacerdotes y un sinnúmero de terribles cosas que han venido saliendo a la luz pública, muchas de ellas que eran "secretos a voces".

El Vaticano posee la cantidad de dinero suficiente para acabar con la pobreza mundial DOS VECES. Ellos tienen el segundo tesoro en oro más grande del mundo. En la revista italiana "Oggi" el tesoro en oro del Vaticano, en base a "informaciones extraordinarias" fue colocado detrás del de los EEUU, como el segundo más grande del mundo con: 7000 millones de liras = 3.500.000.000 Euros. En comparación el valor del tesoro en oro del estado de Italia es de "sólo" 400 mil millones de liras; pero eso fue en el año de 1952. El Vaticano juega al póker con enormes reservas financieras en Wall Street.

Las reservas financieras exteriores del Vaticano se encuentran concentrados principalmente en Wall Street.

En total el patrimonio de la central de la iglesia, en acciones y otras participaciones en capitales, en el año 1958 debería haber alcanzado unos 50 mil millones de marcos alemanes.

Esta cifra, mientras tanto, debe haber crecido probablemente en mucho más de 100 mil millones de Euros.

Las riquezas del Vaticano son incalculables: En España la Iglesia católica es una gran potencia inmobiliaria, en donde es accionista de empresas como Inditex (Zara), Endesa, Banco Popular o Telefónica, y a través de Umasges, la sociedad creada por la cúpula eclesiástica, invierten en la Bolsa. La llamada "Santa Sede", es propietaria de acciones en la General Motors, IBM y Disney, además es inversora en empresas de alimentación (FOCUS-online). A esto hay que añadir empresas de servicios y de telecomunicación, así como bancos y aseguradoras valoradas en más de 12.000 millones de euros. La millonaria Iglesia exige al Estado Español cada año millones de euros en subvenciones: El Estado español y la Santa Sede firmaron el 3 de enero de 1979, entre otros, un Acuerdo sobre Asuntos económicos de la Iglesia católica española, que contiene su financiación y su exención de impuestos. Es imposible negar que esta Institución no tendrá que ver en el Nuevo Orden Mundial que se avecina y del cual la Biblia profetiza. NO SE PUEDE SER TAN CIEGO.

No hay ninguna otra religión políticamente más poderosa que esta. Dentro, siempre se dan luchas internas entre sociedades secretas, y hay sacerdotes católicos que son y han sido partes de estas sociedades, hasta los mismo Papas.

Como usted recordará, el Vaticano estuvo involucrado en un terrible escándalo por un ayudante del Papa Benedicto XVI, que lanzó e hizo públicos terribles secretos del Vaticano.

Parte del informe sacado a la luz dijo acerca de las relaciones homosexuales dentro del Vaticano, y esto fue parte de lo que llevó al pasado Papa a renunciar. Todo salió en las noticias.

-En la siguiente foto se puede ver el símbolo masón e illuminati: la pirámide con el ojo que todo lo ve en la cruz del papa Juan XXIII, lo que probaría que este papa era un masón e illuminati.

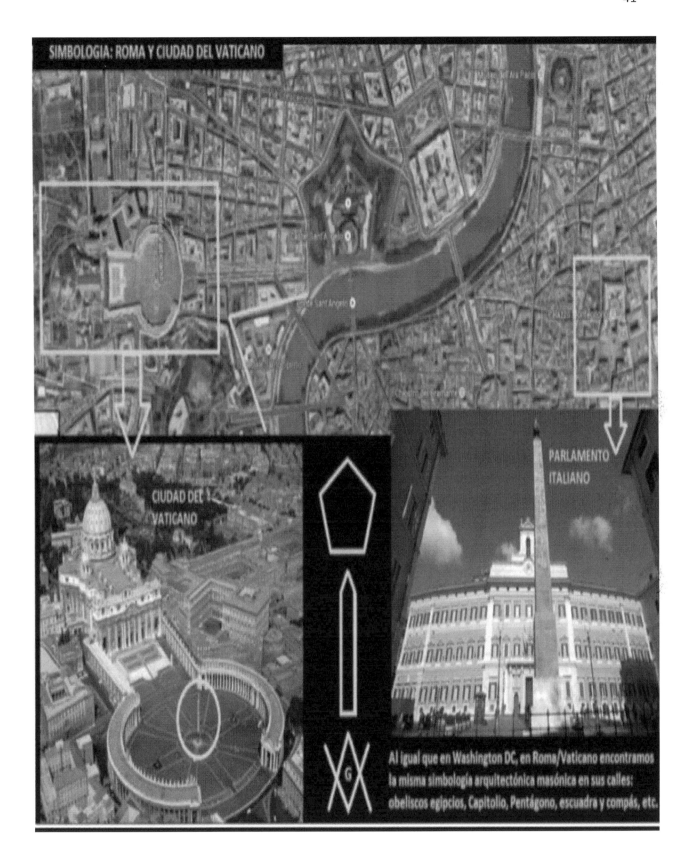

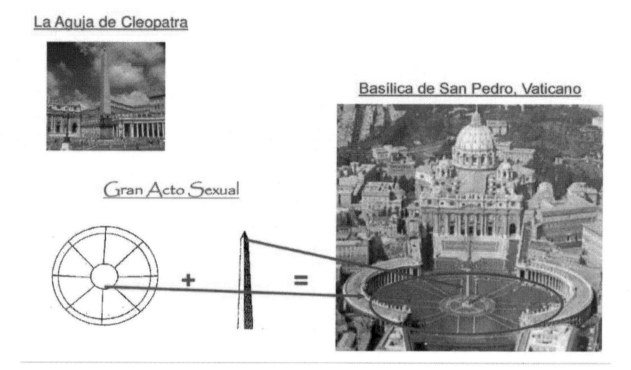

Los obeliscos egipcios se colocaban en la entrada de sus templos, justamente como se ve en la basílica de San Pedro, y se trata de un auténtico obelisco egipcio que fue anteriormente parte de un templo pagano, siendo uno de los pocos que fueron realizados sin inscripciones. Estos obeliscos, asociados al dios "Sol", eran por igual asociados a la vida que este dios, según ellos daba, y como notaron que con las relaciones sexuales se "producía vida", los egipcios relacionaron esto en adoración a su dios y como un símbolo representativo del "órgano sexual masculino".

Este mismo obelisco que está allí en el Vaticano, estuvo en la "Heliópolis" o "Ciudad del Sol", antigua capital del Bajo Egipto, en el templo del dios Sol llamado "Ra", levantado por algún Faraón de la quinta dinastía y más de mil años antes de Cristo. Se dice que este Obelisco tiene más de 4mil años de historia. En el año 30 a.C., fue trasladado a Alejandría cuando Octavio Conquistó Egipto y luego, entre el año 37 y 41, el Emperador Calígula, lo hizo llevar a Roma para colocarlo en el Circo de la Colina Vaticana, que luego sería conocido como "Circo de Nerón". Fue en el año 1586, que el Papa Sixto V, lo mandó a mover para ubicarlo justo en frente a la Catedral de San Pedro. Para moverlo allí duraron un año aproximadamente.

Quiero que me acompañe por favor a ver lo que la Biblia dice específicamente en los siguientes textos:

"Quitó también los caballos que los reyes de Judá habían dedicado al sol a la entrada del templo de Jehová, junto a la cámara de Natán-melec eunuco, el cual tenía a su cargo los ejidos; y quemó al fuego los carros del sol" (2Reyes 23:11).

"Y me llevó al atrio de adentro de la casa de Jehová; y he aquí junto a la entrada del templo de Jehová, entre la entrada

y el altar, como veinticinco varones, sus espaldas vueltas al templo de Jehová y sus rostros hacia el oriente, y adoraban al sol, postrándose hacia el oriente" (Ezequiel 8:16).

"Además quebrará las estatuas de Bet-semes, que está en tierra de Egipto, y los templos de los dioses de Egipto quemará a fuego" (Jeremías 43:13).

El significado de "Bet-semes" es "Ciudad del Sol", que en el hebreo es "Bet Shemesh", lo cual hace referencia a la "Heliópolis", de donde mismo viene ese Obelisco que está en el Vaticano.

Además de estar vinculado a la adoración al sol, este obelisco del Vaticano es un enorme reloj solar y un calendario astronómico que proyecta su sombra sobre un esquema del zodíaco en la Plaza de San Pedro y que detalla fechas y constelaciones de solsticios.

La sombra de la punta del obelisco, alcanza las losas zodiacales en los días señalados.

Aquí le muestro la comparación:

Muchas civilizaciones paganas hacían actividades de culto a los astros y tenían también que ver con las proyecciones de luz y sombra específicas por medio de la alineación de monumentos que generaban todo. Los aztecas, hindúes, sumerios, mayas, etc., registraron con mucha precisión los movimientos de los astros y podían organizar su modo de vida en relación a los "ciclos de sus dioses".

El Ankha o "Cruz Ansada", llamada también **"Ankh"** es una cruz egipcia que significa "vida" o "llave de la vida". Según algunas interpretaciones, la "T" o cruz significaría el órgano sexual masculino y el "aro" o "ansa" de arriba, representaría el útero de la mujer, que a su vez, unidos, denotarían el acto sexual y la reproducción. Se usaba para los rituales de fertilidad y era bien representativa también de la diosa Isis, aunque realmente todos los dioses paganos egipcios eran representados en ellas porque representaba su "inmortalidad", además de evolucionar a significar la reencarnación y "el renacimiento". Su uso era reservado para la nobleza egipcia y los sacerdotes paganos principales y se usó en ritos funerarios en los cuales se colocaba sobre el cadáver, al igual que el "Ojo de Horus" para supuesta "protección".

Símbolos de Ankh y de Venus

Mire aquí:

Símbolo de Ishtar — Plaza de San Pedro — Símbolo de Shamash

La cruz ansada, combina los símbolos de Isis y de Osiris. Los faraones, de acuerdo a la creencia de los egipcios, eran la supuesta representación de los dioses en la tierra e "intermediadores".

El símbolo representaba por eso también, el sol, el cielo y la tierra.

Citaré sencillamente a Arthur Waite, ocultista y masón de grado 33º, que es de los más altos grados de la masonería que se conocen. Esta persona, hizo mención del mismo Eliphas Levi, otro también masón de grado 33º expresando lo siguiente: …

"La letra "G" se refiere a Venus, y el símbolo de Venus es un LINGAM, un "falo" o "pene estilizado".

Los paganos adoraban a los animales, insectos, pájaros, ríos, bosques, árboles y otras muchas cosas, pero todos tienen un tipo de culto en común: la adoración del acto sexual entre hombre y mujer. Los Masones hacen esto mismo, sin embargo, se diferencian de los satanistas en que ocultan gran parte del contenido sexual en muchos de sus símbolos.

La letra "G" se muestra muy a menudo en símbolos masónicos. Al iniciado se le dice que esto significa "Dios" y "Geometría" o "Gnosis", que el "Supremo Arquitecto del Universo usó para diseñar el universo". Sin embargo, como ya mencionamos, Arthur Waite, ocultista y masón de Grado 33º cito a Eliphas Levi, también un Mason de Grado 33º, que decía que la letra "G" se refiere a Venus, y que el "símbolo de Venus es un lingam, un phallis estilizada". [Arthur Edward Waite, Los misterios de la magia: Un Compendio de los Escritos de Eliphas Levi, 1909]

Albert Pike, sumo máximo "pontífice" de la masonería, en su libro de la "Moral y Dogma" página 631-32 establece que el "Mónada" (# 1) es un hombre, y la "díada" (# 2) es una mujer. Su unión sexual produce el "tríada" (# 3), que es "representado por la letra 'G', el principio generador".

"Mónada", "díada" y "tríada", son términos que se usan en la masonería, pero queremos resaltar la prueba de lo que venimos explicando referente a la veneración al acto sexual en las sociedades secretas, representado en el mismo Vaticano en la Plaza de San Pedro, como ya lo hemos visto.

El siguiente es el libro del masón Albert Pike (1809-1891), que evidencia lo que hemos dicho y está escrito allí:

Relacionado a la diosa Venus, ella estaba relacionada por los paganos al amor, la belleza y la fertilidad, asimilada a la Ishtar babilónica, la Inanna sumeria, la Astarté fenicia, la Astarot que adoraron los israelitas y la Afrodita griega. Ishtar, la diosa babilónica del "amor y la guerra" se asociaba principalmente a la sexualidad y su culto era una total prostitución que llamaban "sagrada". La figura delineada con exactitud en la Plaza de San Pedro, con símbolos con demasiada similitud a la diosa Ishtar y del dios Shamash son INEGABLES.

Shamash, que era el dios "Utu" para los sumerios y "Tammuz" para los babilónicos, era el hermano gemelo de Ishtar, según la mitología.

Veamos más semejanzas entre los "ministros" católicos y los sacerdotes egipcios:

En la siguiente ilustración veremos a hombres cargando al Papa en sus hombros en procesiones religiosas, en comparación a los egipcios y los faraones:

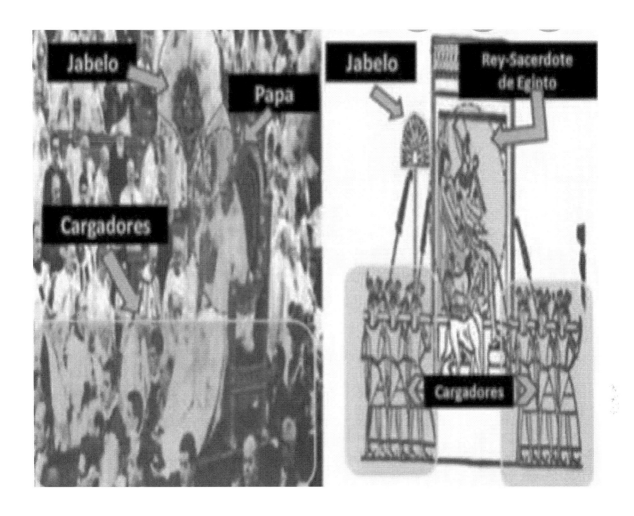

Lo siguiente que verás será la escultura del Papa Bonifacio VII en la Catedral de la Asunción en Jaen (España).

Este Papa tuvo una muy particular frase:

"El darse placer a uno mismo, con mujeres o con niños, es un pecado tan insignificante como frotarse las manos".

Claramente todo se conoce por su "fruto", la ceguera espiritual y el fanatismo religioso es otra cosa.

Y aún más fuerte, ellos conservan la siguiente "escultura" en una catedral en Alemania:

Escultura de la catedral de Colonia, siglo XIII. Tallado bajo esa imagen está el nombre del arzobispo Konrad von Hochstaden, los obreros lo hicieron como protesta por el impuesto a la cerveza que el arzobispo decretó para ayudar a sufragar los gastos de la construcción de la iglesia

El Catolicismo y sus Papas siempre han estado de acuerdo con la idea de un Nuevo Orden Mundial. Hay un llamado "Papa negro" detrás de bastidores, además del Papa que se conoce. Esto no se atribuye a razas, sino al hecho de que el color negro, forma parte del atuendo de los jesuitas. Quisiera compartir algunas afirmaciones de personajes conocidos a lo largo de la historia que le darán la definición de todo por sí mismo.

Napoleón Bonaparte hizo esta afirmación:

"Los Jesuitas son una organización militar, no una orden religiosa. Su jefe es un general de un ejército, no un mero padre abad de un monasterio. Y la meta de esta organización es: PODER. Poder en su ejercicio más déspota. Poder absoluto, poder universal, poder para controlar al mundo por la volición de un solo hombre. El Jesuitismo es el más absoluto de los despotismos; y al mismo tiempo el más grande y más enorme de los abusos..."

"El General de los Jesuitas insiste en ser el amo, soberano, sobre los soberanos. Donde quiera que los Jesuitas sean admitidos ellos serán los amos, cueste lo que cueste. La sociedad de ellos es por naturaleza dictatorial, por lo tanto, es el irreconciliable enemigo de toda autoridad constituida. Todo acto, todo crimen, por más atroz, es un trabajo meritorio, si es cometido por los intereses de la Sociedad de los Jesuitas, o por orden del General." -- General Montholon, (Memorial of the Captivity of Napoleón at St. Helena, págs. 62, 174.)

"La historia de los Jesuitas, quizás no se ha escrito de forma muy elocuente, y sin embargo, está apoyada por autoridades incuestionables. La restauración de la Orden Jesuita en el año 1814, llevada a cabo por el papa Pío VII, representó ciertamente un paso hacia la crueldad, la oscuridad y el despotismo, y muerte. No me gusta la apariencia de los Jesuitas. Si alguna vez ha habido algún grupo de hombres que ha merecido condenación aquí en la tierra y en el infierno, esta es la Sociedad de Ignacio de Loyola [Jesuitas]"

(John Adams (1735-1826), 2do. Presidente de los Estados Unidos de América).

"Es mi opinión en cuanto a que si las libertades de este país, los Estados Unidos de América, llegan a desaparecer, habrá sido por la sutileza de los sacerdotes Jesuitas católico romanos, ya que son los más astutos, y peligrosos enemigos de las libertades civiles y religiosas. Ellos han instigado la mayor parte de las guerras en Europa."

(General y hombre de estado francés Marqués de Lafayette (1757-1834)).

"La guerra civil americana, nunca hubiera sido posible sin la siniestra influencia de los Jesuitas." (Abraham Lincoln (1809-1865), Presidente de los Estados Unidos de América).

"Los Jesuitas son una sociedad secreta, como tipo de orden masónica, pero con sobre añadidas horrorosas y detestables características, mil veces más peligrosa."

(Samuel Morse (1791-1872), el inventor del telégrafo).

En una carta de John Adams al Presidente de los Estados Unidos Thomas Jefferson, acerca de los Jesuitas, leemos:

"¿No tendremos enjambres regulares de ellos aquí, en tantos disfraces como sólo un rey de los gitanos puede asumir, vestidos de pintores, editores, escritores y rectores académicos? Si alguna vez hubo un cuerpo de hombres que merecían maldición eterna en la tierra y el infierno son estos de la Sociedad de Loyola." [George Reimer, The New Jesuits, Little, Brown, and Co., 1871, pág. 14].

Un tipo de "Anticristo" que podemos ver precisamente en la historia fue Adolf Hitler, quién se dio a conocer como católico y tenía a esta institución como aliada, algo históricamente comprobado. Ellos buscaban alguien que conquistara el mundo para el catolicismo imponerse como principal poder religioso.

En este tiempo, buscan el "diálogo interreligioso", que es la unión del catolicismo con otras religiones, y el "ecumenismo", que es la unión de la Iglesia Católica con la iglesia evangélica.

El Papa Francisco se ha llegado a reunir con importantes líderes musulmanes. Realmente, hay semejanzas entre musulmanes y marianos: Ambos creen en la virgen más que en Jesús.

EL PAPA FRANCISCO SELLÓ CON UN BESO SU ENCUENTRO CON EL LÍDER DEL ISLAM

"El Gobierno Nacional considerará como su deber principal revivificar en la nación el espíritu de unidad y cooperación. Preservará y defenderá aquellos principios básicos por los cuales fue edificada nuestra nación. Considera la Cristiandad [quieren decir el catolicismo malvado] como la fundación de nuestra moralidad nacional, y la familia como la base de vida nacional" ('My New Order' [Mi Nueva Orden], Adolf Hilter, Proclamación a la Nación Católica Alemana en Berlin, febrero 1, 1933).

Ante el decadente auge del catolicismo, que cada vez más va cayendo en picada, es y será más que necesario que tengan un líder político mundial y actual que los avale y que ellos respalden en el inicio de su carrera política, tal y como hicieron con Hitler. A la Institución Católica Romana, no le importará apoyar la unión de creencias religiosas en una, por más falsas y no bíblicas que sean, con tal de estar allí. Es precisamente lo que están tratando hacer y lo que siempre han venido trabajando. Quiero que vea lo siguiente:

El símbolo illuminati y masón del "Ojo de Horus", se puede ver en innumerables catedrales e iglesias católicas alrededor del mundo.

<u>Catedral de Santiago de Compostela en la Provincia de Coruña en Galicia, España:</u>

Iglesia Jesuita en Manheim, Alemania:

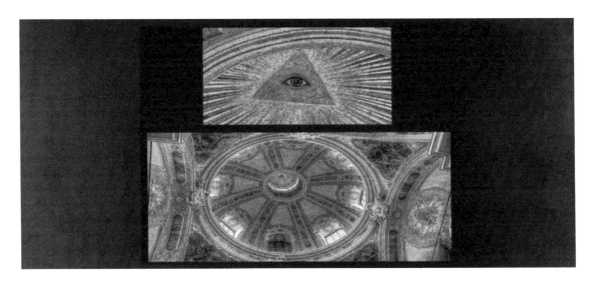

Templo de Santo Domingo, Ciudad de México:

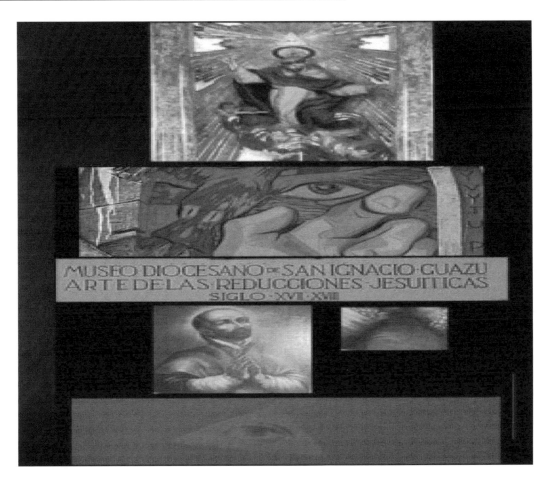

Catedral de Cochabamba, Bolivia:

Iglesia Católica de San Jorge, Ucrania:

Catedral de Aosta, al Noroeste de Italia:

Y si siguiéramos enumerando y demostrando catedrales e iglesias católicas, ni terminaríamos. Lo que verá a continuación es la tumba de Charles Taze Russell, fundador de los Testigos de Jehová.

La sede de los testigos de Jehová en Dinamarca. Visto desde el cielo, con Google Earth.

coordenadas
55°42'37.9"N 11°40'33.5"E

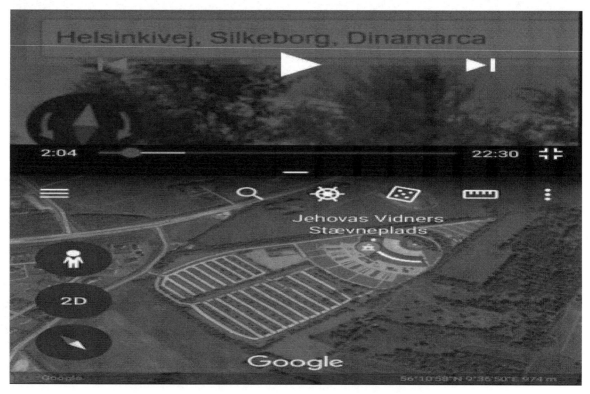

La capital italiana, centro histórico del Imperio Romano y de la Iglesia Católica en el Vaticano, está repleta de simbología masónica en sus calles, al igual que en la capital estadounidense en Washington DC, predominan los obeliscos -frente al Parlamento italiano y la Basílica de San Pedro-, el Capitolio, el Pentágono, y la escuadra/compás masónicos.

El búho de Minerva, es un símbolo ocultista de sabiduría, pero sobre todo de poder. Aclaro que es este tipo de búho específico, NO todo búho, y que siempre está posado en dónde se encuentra el liderazgo mundial. Muchos creen que pronto aparecerá en la Plaza de Tien An Men, en Beijing, en espera a que China se convierta en el país más poderoso del mundo.

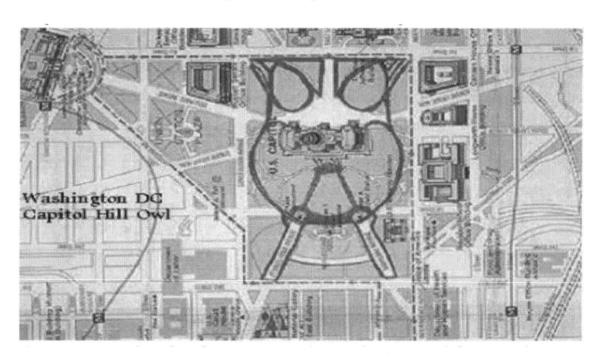

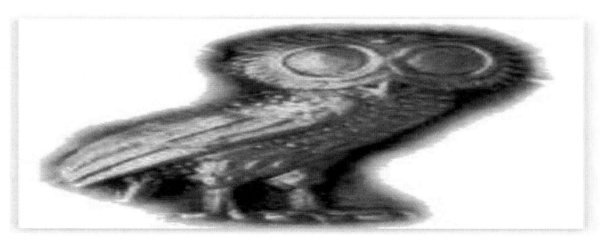

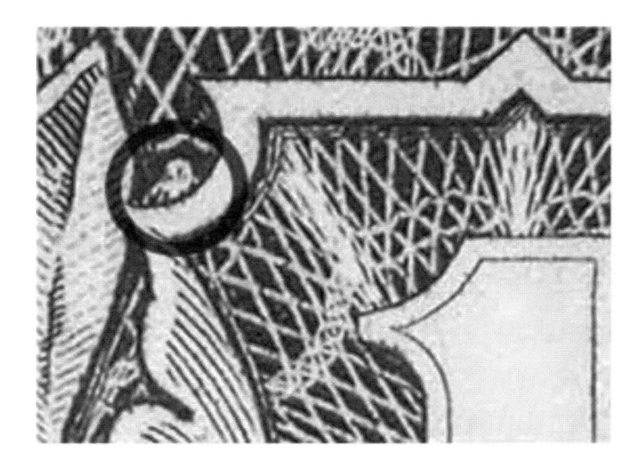

Ya habíamos visto como está en la Ciudad del Vaticano, en la Basílica de San Pedro, la representación del Disco Solar Babilónico (con el obelisco central) y el símbolo de Venus (el "Lucero del Alba"/Lucifer), también de la llave de la vida en el Antiguo Egipto y de la feminidad.

No existen casualidades, simplemente hay un poder infiltrado en todas partes guardando el conocimiento secreto para unos pocos, pero siempre dejando su firma como se muestran en las ilustraciones, de varios de los centros de poder más importantes del Planeta desde los cuales han influenciado a la población mundial.

El fundador de los Testigos de Jehová Charles Taze Russell, tenía inclinaciones hacia los adventistas, pero a su vez amaba el esoterismo y fue espiritista además de tener un alto grado de gusto por la masonería y de estar asociado a los masones. El padre de Joseph Smith, fundador de los mormones, era Maestro Masón de la Logia Ontario No 23 de Canandaigua. El creador del Adventismo, William Miller, era masón de Grado 33 dentro del Rito Escocés. No solo eso, sino que también fue el Gran Maestre de la Logia Estrella de la Mañana N° 27 de

Poultney, de Vermont, EE.UU. Lo mismo sucede con muchos líderes evangélicos que han aceptado a la masonería, y también gente de la iglesia universal del reino de Dios del movimiento, mejor conocidos como "pare de sufrir".

Fachada de iglesia "pare de sufrir" y fachada de una logia masónica

Relacionados a los mormones, en sus comienzos, se establecieron en su tiempo, cinco Logias Masónicas integradas por ellos en Nauvoo, Illinois y alrededores. Se planearon varias otras (como por ejemplo la de "Rising Sun" o "Sol Naciente" en Montrose, Iowa), se construyó un Templo Masónico y la totalidad de la membresía de la Fraternidad Mormona dentro de la Masonería sobrepasó con creces las 1360 personas.

La Masonería se hizo tan popular entre los Mormones de Nauvoo, que las Logias mormonas pronto superaron por un alto margen a las Logias no mormonas de todo el Estado de Illinois.

No pasó mucho tiempo para que las Logias Masónico-Mormonas, tuvieran más miembros que todas las otras Logias juntas en Illinois, había alrededor de 1.500 Masones-Mormones contra apenas 150 Masones no mormones.

Joseph Smith recibió mucha influencia de la Masonería, y es evidente que esto ocurrió a lo largo de un relativamente breve período de tiempo.

La influencia Masónica sobre Joseph Smith y dentro de su Iglesia, comenzó mucho antes de que él ingresara a la

Masonería. No comenzó en Nauvoo, si bien es allí donde se desarrolló amplia y abiertamente, sino que comenzó en su hogar.

La mayoría de las cosas que se desarrollaron en la Iglesia Mormona en la época de Nauvoo, estaban entretejidas con la Masonería (de 1830 a 1850), especialmente con el llamado "Rito Emulación": Conferencias, concilios, templos, dedicaciones y consagraciones, grados, sumos sacerdocios, cosas egipcias, astrología con planetas regentes y estrellas fijas, constelaciones, simbología de soles, lunas, estrellas, ojo todo vidente, colmenas, compases, escuadras, manos entrelazadas, además de los rituales del templo, con sus prendas (ropas), sus signos, toques, reconocimientos, señas, castigos, palabras claves, círculos de oración, la Sociedad de Socorro (sociedad de caridad), etc.

Todo ello era propio del Mormonismo y la Masonería de aquella época, no puede ser mera coincidencia que todos estos conceptos estaban allí así porque sí y ya.

Las influencias masónicas de Joseph Smith durante el primer período de su iglesia, fueron muy relevantes.

Estas fotografías muestran motivos de soles (Piedra Angular) y estrellas de cinco puntas.

Templo SUD de Nauvoo, Illinois, como así también figuran en el de Salt Lake, Utah.

Es interesante notar en la historia, que justo alrededor del momento en que nació el "ministerio" Adventista de su creador, William Miller (1930), había en los Estados Unidos de América un fuerte sentimiento anti-masónico gracias al caso William Morgan, desaparecido en Nueva York misteriosamente luego de haber revelado secretos de la Masonería en esa época.

Existe un amplio margen y razones para sospechar que William Miller haya creado el Adventismo justo en ese momento y lugar, como una forma de "camuflar" la Masonería con un escudo de religión: El Adventismo.

Como joven él había atendido al menos a una reunión Masónica, probablemente en la Logia Aurora, organizada en Hampton en enero del 1793, pero fue en Poultney, un pueblo en los Estados Unidos, en donde Miller se volvió un miembro, uniéndose a la Logia Estrella de la Mañana y eventualmente alzándose al rango de "Gran Maestre."

Se sabe que oficialmente ingresó en la Masonería no antes de 1810 y que dejó tal organización en 1833, una semana antes de comenzar a predicar su ministerio Adventista. Todos en su círculo cercano dentro y fuera del adventismo tenían conocimiento de eso.

Aquí verás el "ojo que todo lo ve" en la litografía "el camino de la vida", concebido por James White y su esposa Ellen White, en 1874. Esta sería una fotografía del original, depositado en los archivos de la Universidad Adventista de Loma Linda:

Después de un sinnúmero de tentativas infructuosas poniendo fechas para el fin del mundo, Miller aceptó su fracaso como profeta y se retiró en vergüenza. Aunque luego del "Gran Chasco" del 1844 hubo un aumento en las congregaciones de avivamiento (Shackers) y otros movimientos "milleritas", la mayoría de ellos regresaron a sus congregaciones evangélicas de origen. Sólo un pequeño grupo permaneció fiel a las enseñanzas erradas de Miller; para luego convertirse en los Adventistas del Séptimo Día. Miller nunca se recuperó de su fracaso y murió en 1849 a la edad de 67 años. Algunas de sus fechas apocalípticas erradas fueron: 23 de Abril de 1843, 21 de Marzo de 1843, 21 de Marzo de 1844, 18 de Abril de 1844 y 21 de Octubre de 1844.

Según el artículo del "Vigilant Report" titulado "La Mano Escondida que dio Forma a la Historia", en la masonería las señas y ademanes tienen un significado oculto. El artículo explica lo siguiente:

"El significado simbólico de los gestos podría explicar la razón del por qué estos han sido utilizados por masones famosos. La mano escondida les permite a otros masones iniciados el poder identificarse a sí mismos como parte de la

Hermandad Secreta. También les permite saber que sus acciones son inspiradas por la filosofía Masónica. Más aún, la mano que ejecuta la acción está escondida bajo la tela, la que simbólicamente se refiere a la naturaleza incubierta de las acciones del Masón" (*The Vigilant Citizen, The Hidden Hand that Shaped History, Vigilant Report Oct. 20, 2009*).

Quiero demostrarle tan solo algunos de los masones más famosos de la Historia. Observen cómo estos hombres utilizaban la señal de la mano oculta para revelar su identidad:

De izquierda a derecha: Joseph Stalin, George Washington, Napoleón Bonaparte, Karl Marx y Simón Bolívar.

De izquierda a derecha: Alessandro di Cagliostro (Ocultista), Thomas Cochrane, Abraham Whipple, Freiherr Adoph Knigge (miembro de los Illuminati).

De izquierda a derecha: Solomon Rothschild, Marquis de Lafayette, Amadeus Mozart, George Washington.

Y ahora, a lo que queríamos llegar. En la siguiente fotografía observen cuidadosamente la postura del Pastor James White, parado detrás de la "profeta" Ellen White.

Hornellsvile, N.Y., 1880. Observe la postura de James White con su mano escondida.

Veámos más de cerca…

En esta fotografía, a la izquierda, podrás ver a Edson White, el hijo mayor de Ellen White, junto a ella, mostrando sus posturas masónicas. Para ser más específico, ponemos junto a la foto, a la derecha, otra foto de tres masones con su pose de saludo masón y puedas darte cuenta de la exactitud.

Ellen White demostraba con su mano izquierda, su segundo grado o rango masónico para dar equidad a la inauguración de los primeros líderes afroamericanos en la institución educativa de Oakwood. Ellen y su hijo, muestran su lealtad al culto masónico.

Las mujeres pueden ser igualmente aceptadas en la orden de la masonería. La enciclopedia de la masonería, en su página

353, tiene a Elizabeth Aldworth posando como "la fracmasona femenina". Mire aquí:

Mientras Ellen White se presentaba a sí misma como una supuesta "profeta de Dios", al mismo tiempo participaba de los actos infructuosos de las sociedades secretas.

Veámos más:

Dos mujeres mostrando la "Señal del Compañero" durante una reunión de los adventistas.

Líder masón mostrando la "Señal del Segundo Velo" durante una reunión de los adventistas

Ellen White murió el 16 Julio de 1915 y no sólo fue sepultada bajo un obelisco, sino que además, en el panfleto del servicio funeral impreso por la Review and Herald, también fue estampado el símbolo masónico de los Caballeros Templarios (Knights Templar).

Según el dicionario online de símbolos masónicos, las palabras escritas alrededor del sello de los Templarios (IN HOC SIGNO VINCES), significan: POR ESTE SIGNO PODRÁS VENCER.

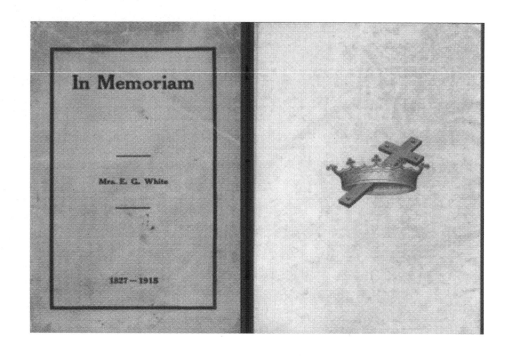

Tumba masónica de Ellen White

Y no se nos puede pasar el demostrar una foto del año 2008 del Cardenal Jesuita Jorge Mario Bergoglio, ahora Papa Francisco, haciendo su pose masónica mientras viajaba rumbo a Buenos Aires, Argentina.

(Associated Press Photo, Pablo Leguizamon).

Miremos:

Islam y Crislam: ¿Es el nombre "Alá" el nombre de Dios?

Hay un movimiento religioso que está cobrando mucha fuerza hoy día y se dice que pueda llegar a ser la religión mundial que se impondrá. Se llama **<u>CRISLAM</u>**, y es una mezcla entre el catolicismo y el islam, además de que hace el acercamiento también a evangélicos.

La mayoría de los cristianos creen que Alá es simplemente el nombre árabe para Dios, el Creador, el Dios de Abraham Isaac y Jacob, el Santo de Israel. Algo muy lejos de la verdad.

Las raíces del Islam están enterradas en Arabia, en la Meca, en un edificio cuadrado hecho de piedra que se llama el Kaaba y que según el Corán fue construido por Abraham. En el Kaaba se dice que habían 360 jinn (genios, ídolos, Ángeles y demonios) uno de los cuales se llamaba Alá.

La palabra "Alá" viene de la palabra compuesta árabe "alilá". "al" es el articulo definido "el" e "ila" es una palabra árabe para "dios." Alá es un término puramente árabe usado en referencia a una deidad árabe. "Alilá" era el nombre del dios luna en tiempos pre-islámicos.

Alá es un nombre propio, que se aplica solo a un dios particular. El origen de este (Alá) se encuentra en los tiempos premusulmanes. Alá es un nombre pre-islámico que corresponde al dios babilónico "Bel".

Los musulmanes afirman que Alá es el mismo Dios de la Biblia y que él es mencionado en los textos sagrados. Esto no es verdadero en lo absoluto.

El nombre "Alá" no aparece ni tan siquiera una sola vez en el Viejo ni en el Nuevo Testamento. La única vez que Dios es mencionado por su nombre en el Antiguo Testamento es o bien como Yahvéh (significando "El (que) es") o como una contracción, Yah.

Muchos pueblos semíticos antiguos no escribían las vocales, solo las consonantes, pero las vocales se sabían y usaban gracias a la tradición. El Antiguo Testamento estuvo escrito con vocales solamente. Lo fuerte de los pueblos semíticos para comunicarse, no era precisamente la escritura, sino el lenguaje oral. Varios judíos llamados "masoretas" empezaron a poner las vocales a todo el Antiguo Testamento y lo lograron, pero no le pusieron vocales al nombre propio de Dios. Ellos cuando encontraban algún pasaje bíblico que mencionaba el nombre de Dios, no encontraban vocales, solo las consonantes: YHWH.

Esto se debía a que los judíos dejaron de pronunciar el nombre de Dios a partir del destierro a Babilonia en el 587 a.C. para que no fuera profanado por los paganos. Al no tener traducción, sobre las vocales del nombre de Dios, guardaban silencio en señal de respeto y usaban ADONAI o ELOHIM.

Entonces algunos imaginaron que las vocales de ADONAI, había que colocarlas en las consonantes y de allí sale la palabra YAHOWAH = JEHOVÁ, originalmente YAVEH.

La palabra "Alá" existe realmente en hebreo, pero no es un nombre propio y nunca se refiere a Dios. Tiene tres significados principales:

1. Maldecir, jurar o juramentar.

2. lamentarse (llorar).

3. Levantarse, ascender, subir, marcharse, saltar, etc.

Es un hecho indiscutible el que "Alá" no aparece ni tan siquiera una sola vez como el nombre de Dios, o incluso de un hombre, en las Escrituras hebreas. Era, muy simplemente, desconocida en el mundo de la Biblia. Afirmar por lo tanto que "Alá" era el nombre de Dios en la Biblia carece del menor fragmento de evidencia. Dios siempre fue conocido como Yahvéh, o (mucho menos frecuentemente) por la contracción Yah.

Los eruditos musulmanes tratan de demostrar que el "Alá" árabe es, de hecho, lo mismo que el "Eloah" hebreo, que no es un nombre propio y que simplemente se traduce como "dios". Las palabras "El" y "Elohim" también se traducen de la misma forma y aparecen mucho más frecuentemente que "Eloah", y pueden ser usadas para designar a Dios, a deidades paganas, ídolos, o incluso a jueces humanos; es por esta razón que los apologistas musulmanes se molestan cuando otros musulmanes hablan de "Dios" en vez de "Alá", porque la palabra "Dios" puede ser aplicada al "dios" de cualquier religión. Ellos reconocen que "Alá" es un nombre propio que distingue al dios de los musulmanes del Dios de los judíos y cristianos, o de los dioses de los hindúes y otros.

No hay musulmanes que insistan en que ellos adoran al Eloah hebreo. La única vez que ellos tratan de hacer dicha vinculación es cuando intentan reclutar a judíos y cristianos para el Islam.

Es un hecho bien conocido, arqueológicamente hablando, que la Media Luna era el símbolo de adoración del dios Luna tanto en Arabia como a través de todo el Oriente Medio en tiempos pre-islámicos. Los arqueólogos han sacado a luz numerosas estatuas e inscripciones jeroglíficas en las cuales una media luna estaba ubicada en la cima de la cabeza de la deidad para simbolizar la adoración del dios Luna. Curiosamente, mientras la Luna era generalmente adorada como una divinidad femenina en el antiguo Cercano Oriente, los árabes la veían como una deidad masculina. En Mesopotamia el dios sumerio Nanna, llamado Sîn por los acadios, fue adorado particularmente en Ur, donde era el dios principal de la ciudad, y también en la ciudad de Harrán en Siria (actualmente en Turquía), que tenía vínculos religiosos cercanos con Ur.

En Hazor, Palestina, fue descubierto un pequeño santuario cananeo de la Edad de Bronce tardía que contenía una estela de basalto que representaba dos manos levantadas, como si estuvieran en oración, hacia una media luna, indicando que el santuario estaba dedicado al dios Luna.

La evidencia recolectada tanto de Arabia del Norte como del Sur demuestra que la adoración del dios Luna estuvo claramente muy activa y en tiempos de Mahoma era todavía el culto dominante. De acuerdo a numerosas inscripciones, mientras el nombre del dios Luna era Sîn, su título era Al-ilá, es decir, "la deidad", lo que significaba que él era el principal entre los dioses superiores.

Los árabes paganos incluso usaron la palabra "Alá" en los nombres que ellos daban a sus hijos. Por ejemplo, tanto el padre como el tío de Mahoma se llamaban "Abd-alá" y "Obeid-alá", teniendo "alá" como parte de sus nombres.

El hecho de que a ellos sus padres les hayan dado tales nombres demuestra que Alá era el título para el dios lunar aún en el tiempo de Mahoma.

"Alá" nunca es definido en el Corán. Mahoma supuso que los árabes paganos ya sabían quién era Alá, pues él fue criado en la religión del dios Luna; solo que él fue un paso más adelante. Mientras éstos creían que el dios Luna Alá era el más grande de todos los dioses y la deidad suprema en el panteón de las deidades, Mahoma decidió que Alá no era sólo el dios más grande sino el "único dios". Él dijo lo siguiente: "Miren, ustedes ya creen que el dios lunar Alá es el mayor de todos los dioses. Todo lo que quiero que ustedes hagan es que acepten la idea de que él es el único dios. No estoy quitando al Alá que ustedes ya adoran. Sólo estoy quitando a su esposa y sus hijas y a todos los otros dioses".

Esto puede ser visto en el hecho de que el primer punto de la creencia musulmana no es "Alá es grande" sino "Alá es el más grande", es decir, él es el más grande entre los dioses.

La frase árabe es usada para poner en comparación al "más grande con los menores". Esto puede ser visto en el hecho de que los árabes paganos nunca acusaron a Mahoma de predicar a un Alá diferente que el que ellos ya adoraban. De esta manera, "Alá" era el dios Luna de acuerdo a la evidencia arqueológica.

Mahoma con esto intentó tener dos cosas: A los paganos les dijo que él todavía creía en el dios Luna Alá, y a los judíos y los cristianos les dijo que "Alá" era el "Dios" de ellos también. Pero tanto los judíos como los cristianos sabían, y por ello rechazaron a su dios Alá y lo tomaron como un falso dios.

Después de que los judíos habían rehusado seguir a Mahoma, cambió entonces la dirección de la oración de Jerusalén a la Meca. Puesto que el ídolo de su dios de la luna, Alá estaba en la Meca, ellos (los musulmanes) oraban hacia la Meca.

Desde los tiempos en que cambió la dirección de la oración hacia la Meca, Mahoma empezó a usar la espada contra los "infieles judíos". Ahí empezó el odio de los musulmanes contra los judíos.

PRECISAMENTE, el símbolo del Islam es la Media Luna. Una media luna esté encima de sus mezquitas y minaretes y se encuentra en las banderas de las naciones islámicas. Los musulmanes ayunan durante el mes que comienza y termina con la aparición de la Luna creciente en el cielo.

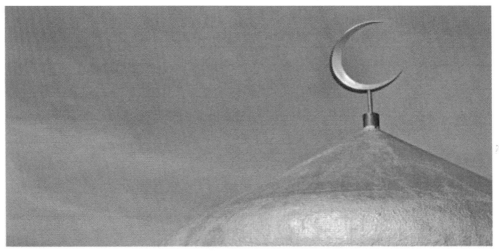

La luna creciente, un símbolo islámico, en la cúpula de la mezquita de Sabah, en Malasia.

Bandera de la República Islámica de Mauritania.

La Historia demuestra de manera concluyente que antes de que apareciese el Islam, los sabeos en Arabia adoraban al dios Luna "Alá", el cual estaba casado con la diosa Sol.

También han sido recolectadas miles de inscripciones de paredes y rocas en Arabia del Norte y se han descubierto relieves y vasijas votivas usadas en la adoración de las "hijas de Alá"; es decir, que tienen inscripciones dedicadas y de agradecimiento a esas divinidades.

Las tres hijas: Al-Lat, Al-Uzza, y Manat, son a veces representadas junto con el dios Luna Alá, que va representado a su vez por una media luna encima de ellas. La evidencia arqueológica demuestra que la religión dominante en Arabia era el culto del dios Luna.

En la antigua Siria y Canaán, el dios Luna Sîn fue usualmente representado por la Luna en su fase creciente. A veces, la luna llena era colocada dentro de la media luna para enfatizar todas sus fases. La diosa del Sol era la esposa de Sîn, y las estrellas eran sus hijas. Por ejemplo, Ishtar era hija de Sîn. Los sacrificios al dios Luna están descritos en los textos de Ras Shamra, ubicado en Ugarit, al norte de Siria, donde los textos al dios Luna era a veces llamados "Kusuh". En Persia, así como en Egipto, el dios Luna es representado en pinturas murales y en las cabezas de las estatuas. Él era el "juez" de "hombres y dioses".

En el Antiguo Testamento, vemos obviamente que Dios reprobó sistemáticamente la adoración del dios lunar (Deuteronomio 4:19; 17:3; 2da Reyes 21:3,5; 23:5; Jeremías 8:2; 19:13; Sofonías 1:5).

Cuando Israel cayó en la idolatría, fue por lo general por el culto del dios Luna.

En efecto, en todas partes en el mundo antiguo el símbolo de la Media Luna puede ser encontrado en sellos para imprimir, cerámicas, amuletos, tablillas de arcilla, cilindros, collares, pinturas, murales, etcétera.

Un templo del dios Luna fue excavado en Ur por un británico arqueólogo de nombre Sir Leonard Woolley.

Él desenterró muchos ejemplos de adoración lunar que son exhibidos todavía en el Museo Británico. Harran, en Turquía, era igualmente conocida por su devoción al dios Luna.

En los años 50´s, un importante templo dedicado al dios Luna fue excavado en Hazor, en Palestina.

Dos ídolos de él fueron encontrados: Cada uno era una estatua de un hombre sentado sobre un trono con una media luna esculpida en su pecho.

Las inscripciones acompañantes dejan claro que éstos eran ídolos del dios Luna.

También se encontraron varias estatuas más pequeñas que fueron identificadas por sus inscripciones como las hijas del dios Luna.

IZQUIERDA: ESTELA DE UR-NAMMU

DERECHA: REPRESENTACIÓN DE AL-LAT, AL-UZZA Y MANAT

ABAJO: FIGURAS Y ESTELAS HALLADAS EN HAZOR

Piedra babilónica con la luna creciente:

EL DIOS ACADIO SIN (LUNA, ALÁ) RECIBE UN HOMENAJE

El Oriente Medio es la cuna del Islam. Es donde nació el Islam, para la mente del árabe, y es la "tierra de Alá". En 1948 los judíos (a quienes Mahoma anima a matar) desposeen a Alá de una porción de su tierra.

El Corán, el cual los musulmanes creen incondicionalmente ser la "última revelación de Dios", envilece a los judíos como un pueblo que solo merece desprecio, castigo y muerte. El Hadith (tradición musulmana) dice: ***"El que fue enviado por Alá (Mahoma) ha dicho ya que la gran hora no vendrá hasta que los musulmanes hagan guerra contra los judíos y maten a tantos de ellos que cuando un judío quisiera esconderse detrás de un árbol o una roca estos objetos hablaran y dirán: "Musulmán, siervo de Dios, hay un judío detrás de mí. Ven a matarle".***

Otras escrituras musulmanas se dejan llevar también por el ímpetu diciendo: El mensajero de Alá ha mandado, luchad contra los judíos y matadlos. Perseguidlos hasta que aún una roca diga: Ven aquí musulmán hay un judío escondido debajo de mí. Mátale. Mátale rápido".

La victoria judía de 1948 creo el último desafió al mundo islámico, y penetro hasta el corazón mismo de la teología y creencia islámica. Los árabes tienen 14 millones de Kilómetros cuadrados, Israel solo tiene 12.628 Kilómetros cuadrados. Pero esta pequeña mancha en el mapa es toda una afrenta al Islam.

Por esta razón, 1948 se convirtió en el "día de la vergüenza" más grande en la historia moderna de los árabes. El deseo de aniquilar a Israel viene no solo por parte del mundo árabe, sino también por parte del Islam y por la "honra de Alá", manchada en 1948 y 1967 (la guerra de los 6 días).

El conflicto entre árabes y judíos, como habíamos dicho, empezó cuando los judíos rechazaron segur a Mahoma y su nueva religión, eso fue en el siglo VII. Ningún musulmán verdadero puede descansar hasta que Israel como nación sea borrada. Alá, el dios del Islam, ha sido desposeído de una porción de su tierra, y su honra ha sido manchada, así como la de sus guerreros. Israel tiene que ser aniquilada para restaurar esa honra.

Algunos de los acontecimientos mundiales en la actualidad dan la idea de que las naciones árabes van por fin a hacer la paz con su enemigo; pero el Corán prohíbe la existencia del estado judío, y no puede haber paz en Oriente Medio mientras Israel exista. El Islam nunca podrá negociar ni reconocer al estado de Israel. Mahoma, a quienes todos los musulmanes veneran dijo mientras agonizaba: ***"Nunca existirán dos religiones en Arabia"***. El propósito del árabe en hacer el "Acuerdo de Paz" no es para hacer una paz duradera, sino para crear una tregua táctica para destruir a Israel. Los musulmanes creen que sus naciones islámicas forman un solo estado islámico y que este estado está destinado a hacerse una "República Islámica Mundial".

Lo curioso de decirle al Islam "religión de paz", es que precisamente "paz" es lo que menos ha existido ni existe en el Medio Oriente.

En el Crislam, el cual intenta unir a cristianos y musulmanes, los partidarios de este movimiento sincretista, defienden la existencia de un terreno común entre ambas tradiciones religiosas alegando las 25 referencias de Jesús en el Corán y enseñanzas éticas y morales que son comunes. Esto ha generado mucha polémica y no han sido pocos los cristianos que han rechazado tal propuesta. Algunos pastores afirman que: "No somos hermanos de los que rechazan a Cristo. Nosotros podemos formar de la familia de Dios con aquellos que niegan la muerte y resurrección de Jesucristo".

En otras partes del mundo el movimiento también está ganando fuerza. Una frase escrita en la página web de la Comisión Nacional para el Diálogo Islámico-Cristiano en el Líbano, resume la filosofía: "Somos hermanos, somos una familia de Dios. Ninguno de nosotros es mejor que otros a sus ojos. Él nos ama tanto. Sólo se puede ganar el mal cuando estemos todos nosotros en pie fuerte y juntos".

El Islam y el cristianismo no son "hermanos de fe" y decir lo contrario es un engaño. El Islam instruye a sus seguidores para que maten a sus enemigos, el cristianismo instruye a amar a sus enemigos. El Islam niega la muerte y resurrección de Jesús. El Corán no solo niega la deidad de Cristo, también pone una maldición sobre aquel que confiese que Jesucristo es el Hijo de Dios. El Islam pone a Jesús por debajo de Mahoma, haciéndole parecer solo un mensajero.

Alá, el dios de los musulmanes es presentado como un tipo de dios abstracto, desconocido y lejano que nadie puede conocerlo. Cuando se lee el Corán, se descubre que Alá le dijo a Mahoma que matara y mutilara a todo aquel que no creyera en él o en su profeta Mahoma.

La actitud del Islam hacia los judíos, se encuentra en el Sura 9:5, que dice: "Matad a los asociadotes (judíos y cristianos) donde quiera que les encontréis. Capturadles, sitiadles, tendedle emboscadas por todas partes…"

El primer paso para satisfacer los sueños de Mahoma es la destrucción de Israel. Mahoma enseño una doctrina de triunfalismo, que significa que la voluntad de Alá es para la ley del Islam gobernar el mundo.

Si alguien abandona el Islam y se vuelve a otra religión o fe, se expone a un castigo severo, con la espada, la horca, el apedreamiento o la crucifixión.

Por otra parte el Islam enseña que las mujeres son seres inferiores a los hombres, y aun exhorta a sus maridos a flagelar a sus esposas (Sura 4:34). En países islámicos, una mujer que deja el Islam para abrazar al cristianismo será ahorcada públicamente. Y si tiene hijos, los que tienen menos de cinco años serán ahorcados junto con su madre. También el cortar las manos, los pies, las orejas, sacar los ojos y cortar la cabeza, es parte de la actual ley islámica.

El Islam enseña que Mahoma es superior a los patriarcas y a Cristo. La palabra Islam no significa "paz", sino "sumisión". Su objetivo es que todo el mundo se someta a ellos. Esa es la razón por la cual la torre de oración islámica es el punto más alto en cada ciudad. Debe tener una posición de supremacía física. Los musulmanes creen y enseñan que toda sociedad que no sigue la ley islámica es ilegítima, y "perversa" en su moral.

Los musulmanes creen que el Corán es la revelación directa, preciosa y divina de Alá a sus profetas por medio de ángeles y que el libro es perfecto y sin error alguno. Los musulmanes creen también que el árabe es el idioma de Alá, y que el árabe del Corán es la representación perfecta y exacta de las palabras de Alá.

Estas pretensiones son totalmente falsas. El árabe del Corán tiene números errores gramaticales. El Corán contiene frases que son incompletas e incomprensibles, y más de 100 equivocaciones de las reglas y estructuras habituales del árabe. El Corán no es de ninguna manera árabe puro, puesto que contiene también más de 100 palabras y frases egipcias, hebreas, griegas, sirias, etíopes y persas.

Muchos musulmanes dicen que el manuscrito original del Corán existe todavía y que todas las copias del Corán vienen de este único manuscrito. Esta es otra declaración totalmente ilógica. No solamente partes del Corán se han perdido o han sido deliberadamente quitadas, sino que también versos y capítulos enteros han sido añadidos a ellos.

Una gran parte de la información contenida en el Corán tiene poco parecido con el hecho histórico. Por ejemplo, María la madre de Jesús, vivió 600 años antes de Mahoma. La forma árabe de su nombre es Maryam. Miriam la hermana de Moisés y Aarón, vivió 1.300 años antes de María, la madre de Jesús. Pero en el Corán, las dos mujeres están mostradas como la misma persona. Dice que la esposa del padre de Moisés dio a luz a Maryam, quien a su vez, dio a luz a Jesús. Y en la segunda parte del Corán, a Maryam se llama la madre de Jesús.

De la misma manera, Amán el malo del libro de Ester, esta puesto como contemporáneo del Faraón del Éxodo, y se dice que ayudo a construir la torre de Babel. El Corán también dice que Abraham fue tirado al fuego por Nimrod.

Cuando era muy joven, Mahoma fue cuidado por una mujer beduina llamada Halima. En su tercer y cuarto año, el niño había tenido muchos ataques, lo cual le hizo pensar a Halima que estaba poseído por demonios. La tradición antigua musulmana cuenta que cuando Mahoma estaba a punto de recibir una revelación de Alá…."muchas veces caía al suelo, su cuerpo empezaba a sacudirse, sus ojos se ponían en blanco y empezaba a sudar. Cuando Mahoma estaba en ese estado de trance, era cuando recibía las revelaciones divinas de Alá.

Muchos biógrafos árabes de Mahoma creen que sufría más bien de epilepsia.

El Corán prohíbe tomar más de 4 esposas, sin embargo Mahoma se casó con 15, incluso con una niña que reconoció sexualmente a los 9 años de nombre Aisha. Además de esto, se casó con la antigua esposa de su hijo adoptado, quien se divorció de su marido específicamente con este propósito.

La boda causo un escándalo tan grande que Mahoma alegó después haber recibido una supuesta "revelaron divina" que mostraba que estaba casado por "mandamiento directo de Alá".

Las langostas del Apocalipsis: ¿Ejército musulmán en el Nuevo Orden Mundial?

Hay una palabra en Apocalipsis 20:4 que en parte, dice así:

"...y vi las almas de los decapitados por causa del testimonio de Jesús y por la palabra de Dios, los que no habían adorado a la bestia ni a su imagen, y que no recibieron la marca en sus frentes ni en sus manos..."

La única creencia religiosa extremista que corta cabezas literalmente hablando, es la religión del Islam. Claramente ellos tendrán que ver. En nuestro libro **"Fe para ser arrebatados: El fin de los Tiempos"**, exploramos la parte del lenguaje espiritual relacionado a las langostas del Apocalipsis, prisioneras del abismo y pertenecientes al reino de las tinieblas; pero como ya he dicho en predicaciones muchas veces, la Biblia tiene un lenguaje espiritual, uno profético, uno literal y uno simbólico, y queremos que vea usted en este libro otra parte del asunto, y esta vez relacionado al plano material.

Primeramente, quiero mostrar estas citas bíblicas:

"Y los madianitas, los amalecitas y los hijos del oriente estaban tendidos en el valle como langostas en multitud, y sus camellos eran innumerables como la arena que está a la ribera del mar en multitud" (Jueces 7:12).

"Porque subían ellos y sus ganados, y venían con sus tiendas en grande multitud como langostas; ellos y sus camellos eran innumerables; así venían a la tierra para devastarla" (Jueces 6:5).

En la parte bíblica muy conocida, en donde los israelitas se comparan como "langostas" ellos mismos, es en números 13:33 solo para comparar su estatura a la de sus enemigos de la tierra prometida, no algo tan simbólicamente representativo como a los madianitas y amalecitas, a los cuales la Biblia los cataloga enérgicamente como "langostas".

Las tribus árabes descienden de Madián, hijo de Abraham y Centura (Génesis 25:1,2), que se unieron con los descendientes de Ismael y que se aliaron también con los Moabitas.

Algunas tribus fueron absorbidas por el pueblo israelita en servidumbre.

La langosta desértica del Medio Oriente se origina en el norte de África.

Rango de migración de las Langostas

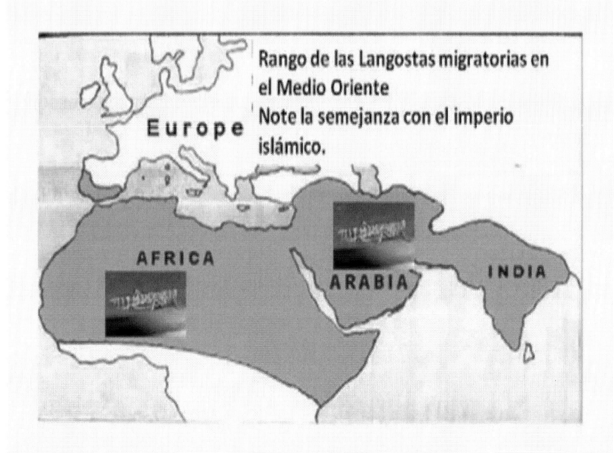

Rango de las Langostas migratorias en el Medio Oriente. Note la semejanza con el imperio islámico.

La región del Éufrates se encuentra en el MEDIO ORIENTE y Abarca TURQUIA, SIRIA, IRAK Y ARABIA

Cuenca del río Éufrates

País	Longitud (km)	Superficie (km²)	Proporción	Contribución al caudal
Turquía	455	124.320	28 %	88 o 98,6 % (*)
Siria	675	75.480	17 %	12 o 1,4 % (*)
Irak	1.200	177.600	40 %	0 %
Arabia Saudita	aguas subterráneas	66.600	15 %	0 %

"El sexto ángel tocó la trompeta, y oí una voz de entre los cuatro cuernos del altar de oro que estaba delante de Dios, diciendo al sexto ángel que tenía la trompeta: Desata a los cuatro ángeles que están atados junto al gran río Éufrates" (Apocalipsis 9:13,14).

Estas cuatro naciones del Medio Oriente, como lo son Turquía, Siria, Irak y Arabia Saudita, tienen en común el Islam. Las tradiciones musulmanas cuentan que langostas cayeron en las manos de Mahoma y tenían en sus alas escrito: "somos la armada del Gran Dios".

"Porque se levantarán falsos Cristos, y falsos profetas, y harán grandes señales y prodigios, de tal manera que engañarán, si fuere posible, aun a los escogidos. Ya os lo he dicho antes. Así que, si os dijeren: Mirad, <u>*está en el desierto*</u>, no salgáis…" (Mateo 24:24-26).

Mahoma era el "profeta" del desierto.

En la literatura árabe, en "el romance de Antar", se presenta a la langosta como el emblema nacional de los ismaelitas, que son los ancestros de los árabes.

El ejército de langostas que se lee en el Apocalipsis tiene ciertas restricciones a las que debe someterse: *"Y se les mandó que no dañasen a la hierba de la tierra, ni a cosa verde alguna, ni a ningún árbol, sino solamente a los hombres que no tuviesen el sello de Dios en sus frentes"* (Apocalipsis 9:4). Una vez más el Islam se conecta a sí mismo con estas profecías por medio de su propia literatura. En cuanto a los árboles y a la vegetación, el Corán dice: "Cuando pelees las batallas de el Señor… no destruyas las palmeras, ni quemes los campos de granos. No tales los árboles frutales…". Un comentarista de nombre Albert Barnes escribió: "Este precepto es el más notable porque fue la costumbre en la guerra, y particularmente entre los bárbaros y semi bárbaros, destruir el grano y la fruta, y especialmente talar los árboles frutales como forma de dañar lo más posible al enemigo".

Según Apocalipsis 9:4, los que poseen "el sello de Dios" no son tocados. El Califa Aboubekir, sucesor de Mahoma, les ordenó a los ejércitos musulmanes que no mataran a los monjes humildes y piadosos que vivían en los monasterios. A tales monjes, los ejércitos musulmanes debían "dejarlos en paz, no matarlos ni destruir sus monasterios". Es un hecho bien conocido que los musulmanes tenían un profundo respeto por San Francisco de Asís. De igual forma tenían respeto por los monjes sinceros y humildes de los primeros siglos. Aparentemente estos eran quienes (al menos en las mentes de los musulmanes) tenían "el sello de Dios" sobre sus frentes para protegerlos.

Los teólogos de siglos pasados, y muchos puritanos creyeron que este ejército de langostas, refiriéndose al plano material, se trataba de un ejército musulmán y de un yihad islámico mundial.

Los musulmanes en la historia, dieron alcance a toda Asia, desde el Río Éufrates en el Medio Oriente hasta Constantinopla, la actual Estambul, Turquía. Capturaron la Tierra Santa, toda el Asia Menor (incluyendo el territorio de las siete iglesias de Asia), Grecia, todas las islas mediterráneas orientales, y el norte de África. Después cruzaron el Estrecho de Gibraltar hacia España dónde fundaron un reino musulmán. Finalmente, entraron en Francia, pero sufrieron una aplastante derrota en Tours. En ese momento, la invasión islámica que barría a Europa fue detenida. Hoy, líderes y diplomáticos están declarando que el Islam es una "religión de paz", pero todo en la historia se grita todo lo contrario.

El ejército de langostas, bíblicamente proviene de una nube de humo negro que sale del abismo. Es notable que Abdul A'la Mawdudi, uno de los eruditos del siglo 20 más prominentes del Islam, usó la misma palabra "abismo" cuando escribió acerca de los inicios del Islam. En un libro escrito para introducir a los angloparlantes a las premisas básicas del Islam, Mawdudi les dice a sus lectores que Mahoma y su mensaje provino de "Arabia – el Abismo de Oscuridad". Estas son exactamente sus palabras en su libro "Towards Understanding Islam" (Entendiendo el Islam, 8ª edición). ¿No es una gran coincidencia que este conocido escritor musulmán identifique el origen del Islam, nada menos como "el Abismo de Oscuridad".

Los niños "bacha bereesh" y el matrimonio a niñas: Los niveles de perversión de los musulmanes.

*"**Del Dios de sus padres** no hará caso, **ni del amor de las mujeres;** ni respetará a dios alguno, porque sobre todo se engrandecerá" (Daniel 11:37).*

"Y hablará palabras contra el Altísimo, y a los santos del Altísimo quebrantará, y pensará en cambiar los tiempos y la ley; y serán entregados en su mano hasta tiempo, y tiempos, y medio tiempo" (Daniel 7:25).

Al decir "DIOS" en mayúsculas, está hablando del Dios verdadero, y cuando implica descendencia, está más que claro que tiene que ver con el pueblo elegido, pero también de Abraham desciende el pueblo árabe, en donde la pedofilia a niñas siempre se practica como una costumbre más que el "amor a mujeres" en la creencia musulmana, digámoslo así, e incluye la homosexualidad, en el abuso a niños y adolescentes varones.

Las profecías bíblicas indican que el Anticristo tendrá que ver con la creencia musulmana, y hará estas mismas prácticas depravadas de pedofilia.

Ningún organismo internacional ni ninguna organización progresista han denunciado ni tomado cartas en el asunto relacionado a los niños **bacha bereesh,** que son utilizados como amantes de algunos afganos. Muchos de ellos son adolescentes que se visten como niñas y bailan para sus "amos" en fiestas realizadas en el norte de Afganistán.

Es una antigua práctica que ha llevado a que algunos de los bailarines sean convertidos en esclavos sexuales por los poderosos y acaudalados patrones, con frecuencia ex líderes militares, que los visten como niñas, les dan regalos y los mantienen como sus "amantes".

Allí, en el norte de Afganistán, ex líderes militares y comandantes mujahedines han dado un "paso más" y han organizado concursos por sus niños bailarines.

Cada niño trata de "ser el mejor" y se visten con ropa de mujer, con campanillas en sus pies y senos artificiales.

La práctica, llamada "bacha bazi", que significa "juego de niños", tiene una larga historia en el norte del país, pero usualmente no involucra sólo el baile. Ser dueño del niño más atractivo y del mejor bailarín es un símbolo de estatus para ellos. Ex comandantes mujahedines realizan fiestas en Pul-e Khumri y sus alrededores una vez por semana, donde se hacen competencias por los niños. Muchos residentes locales han pedido una ofensiva contra la práctica, pero se muestran escépticos de que funcione pues varios de los hombres son muy poderosos y están bien armados.

Algunos de los que hacen estas prácticas, dicen que están conscientes que todo esto va contra el Islam, pero muy descaradamente solo expresan que sencillamente les gustan los niños y no las mujeres.

Más ocultismo en el Vaticano

Ya sabemos que durante miles de años las religiones paganas han utilizado símbolos para demostrar su "devoción" y creencia espiritual de qué y a quiénes adoraban. Estos símbolos se declararon muy abiertamente en Egipto, Babilonia, Roma y otras culturas. Es lo mismo hoy día pero disfrazado de "cristianismo". La basílica de San pedro, demuestra y representa una y otra vez la veneración al dios sol.

A la Derecha: símbolo Chi-Rho, el cual representa las constelaciones de los dioses, Orión y las Pléyades.

En las catacumbas

Descendiendo en las catacumbas a través de una segunda escalera, la primera pintura que se nota es la de unos niños desnudos sosteniendo un escudo con abejas, lo cual representa "la elite real".

Por todas partes en las catacumbas, se encuentran sarcófagos de Papas ya fallecidos y el símbolo "Chi-Rho".

En esta pintura en el Vaticano, también encontrarás el ojo de Horus:

También se encuentran imágenes de dragones de forma abundante:

La Biblia llama al satanás el "gran dragón" y la "serpiente antigua" que engaña al mundo entero (Apocalipsis 12:9). El engaño y la representación son claras.

En esta escultura, el Papa Gregorio XIII se sienta en su trono, mientras que la persona a su izquierda levanta el velo bajo el trono de Gregory y descubre un reptil. Esta entidad de reptil es el poder oscuro detrás de todos los líderes del mundo y la fuente de su sangre "real".

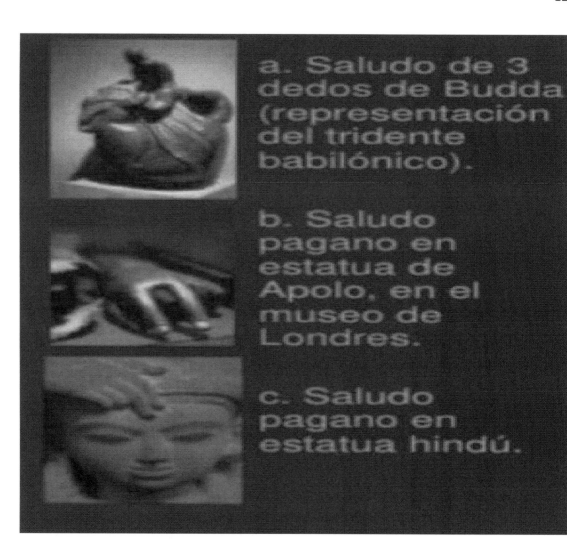

a. Saludo de 3 dedos de Budda (representación del tridente babilónico).

b. Saludo pagano en estatua de Apolo, en el museo de Londres.

c. Saludo pagano en estatua hindú.

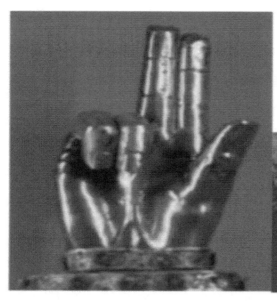

Hasta un mismo autor católico de nombre Piers Compton, en su libro *"La cruz partida: Mano oculta del Vaticano"*, escribió de esta "cruz torcida o partida" lo siguiente:

"Este crucifijo torcido es... Un símbolo siniestro usado por los satanistas del siglo sexto, que había sido revivido para la época del Vaticano Segundo. Esta era una cruz torcida o rota, en la cual se mostraba una figura repulsiva y distorsionada de Cristo, que los practicantes de la magia negra y brujos de la Edad Media habían usado para representar el término bíblico "marca de la bestia".

Multitudes no tuvieron ni idea de lo que estaban reverenciando ni adorando, o como ahora le llaman: "venerando".

Con este crucifijo, han dicho a los ocultistas que no son Papas tradicionales, sino que están comprometidos a realizar el papel de líder religioso mundial como lo pide el plan para el Nuevo Orden Mundial.

El 14 de Agosto del 2004, Juan Pablo II visitó Lourdes, donde rezó por la paz del mundo y tuvo la ocasión de entrevistarse con el Presidente de Francia de ese entonces, Jacques Chirac, en el mismo aeropuerto de Tarbes. El Presidente pronunció palabras firmes y conciliadoras y el Papa dijo lo siguiente: *"La iglesia católica desea ofrecer a la sociedad su específica contribución en la edificación de un mundo en que los grandes ideales **de libertad, igualdad y fraternidad** puedan construir las bases de la vida en la búsqueda y en la promoción incansable del bien común"*.

Fue la primera vez que un Papa se atrevió a reclamar como propios y en "voz alta" los ideales masónicos (libertad, igualdad y fraternidad) e Illuminatis.

La Iglesia católica beatificó a Juan Pablo II el 1 de mayo de 2011.

Beatificar es, el término que usa el Vaticano para elevar a la categoría de a una persona que ha fallecido y que fue considerada. No importa si esta persona haya derramado sangre para hacer avanzar el catolicismo, tal fue el caso de Ignacio de Loyola (primer Papa negro, relacionado al color del atuendo de los jesuitas), fundador de la Compañía de Jesús y uno de los principales gestores de la santa Inquisición, sin embargo Ignacio de Loyola hoy día también es un "santo" de la iglesia católica.

Pasado Papa Juan Pablo II reunido con sacerdotes Vudú

La fecha del 1 de Mayo para la beatificación de Juan Pablo II no fue una mera "casualidad".

Ese día en Alemania, el país natal del también pasado Papa Benedicto XVI, se celebraba la noche de Walpurgis, por *los celtas*.

Noche de Walpurgis es una festividad celebrada en la noche del 30 de abril al 1 de mayo en grandes regiones de Europa Central y el Norte. También es conocida como la **noche de brujas**. En la antigua Roma, el mes de mayo estaba consagrado a los antepasados (mayores). Era un mes en que en toda Europa y Asia se creía en que los "aparecidos" hacían sus incursiones entre los vivos. Durante la antigüedad y la Edad Media, se perpetúa una gran prohibición supersticiosa: Evitar casarse en mayo porque durante ese período se corre el supuesto riesgo de contraer matrimonio con una aparecida o con una mujer embrujada, supuestamente del "otro mundo".

Con el pasar de los tiempos, la fecha aproximada de la celebración católica de la canonización de la Santa Walpurgis (Valborg o Walburga) se trasladó del 25 de febrero (fecha de su nacimiento) al 1 de mayo, denominándose Noche de Walpurgis por coincidir la fecha de celebración con el día de Santa Walpurgis en el calendario sueco debido a que el 1 de mayo de 870 d.C. fueron trasladadas sus reliquias. Dicha fecha pasó a ser el día de la celebración de esta "santa" en algunos calendarios, viniendo a coincidir con el día del trabajador.

Fue durante la Noche de Walpurgis, 1 de mayo de 1776, cuando Adam Weishaupt creó en los bosques bávaros en BAVIERA a los Illuminati.

Es por eso que el 1 de Mayo, es una fecha muy significativa para las sociedades secretas, ya que es una fecha mística y satánica de celebración disfrazada como la fiesta del trabajo, porque fue en esa fecha que en 1776 nace la sociedad Illuminati fundada por el jesuita Adam Weishaupt y muy relacionada con la francmasonería, pues al principio era parte de la misma.

Ciertos ritos ocultistas se practicaron con el cadáver de Juan Pablo II:

Su cuerpo fue cambiado de un ataúd de ciprés a otro de zinc y por último, a otro de roble de forma trapezoidal, antes de ser sepultado en la Basílica de San Pedro.

El trapezoide ha sido durante mucho tiempo considerado, por ocultistas, como lo más satánico de las figuras geométricas especialmente adaptada para mejorar la manifestación demoníaca.

El papa Juan Pablo II fue guardado en un ataúd de roble, en forma trapezoidal, el cual contenía a su vez, otras dos cajas: Una de plomo y la otra de pino.

Note la "M", de la masonería en el ataúd de Juan Pablo II con la cual también se identifican los masones en su vestuario.

En el satanismo, la "Orden Trapezoidal", es muy antigua. En la actualidad es una sociedad muy secreta.

El trapezoide es reconocido como modelo o forma satánica por los ocultistas, y que se presta o sirve para aumentar una manifestación demoníaca. Existe una orden satánica intermedia, la cual se llama "La Orden del Trapezoide".

El mismo sacerdote satánico (ya muerto) Anton LaVey, quien fundara la iglesia de Satán el 06-06-1966 en California, se refirió a que hay un principio malévolo, conocido como la Ley del Trapezoide.

En sus escritos, LaVey cuenta que existe una ciencia "mágica" o malévola detrás de la geometría angular o de ángulos y de los espacios creados por estos, que logran crear una "atmosfera maligna".

El trapezoide es una forma de usar la geometría para fines satánicos y es un poderoso y perfecto instrumento que ellos usan para crear un atmosfera, dentro de una cámara o sala que es favorable para la manifestación de demonios.

La paloma en el crucifijo de Francisco es la de la Ordo Templi Orientis, la tradición luciferina de la Masonería

Saludos masones

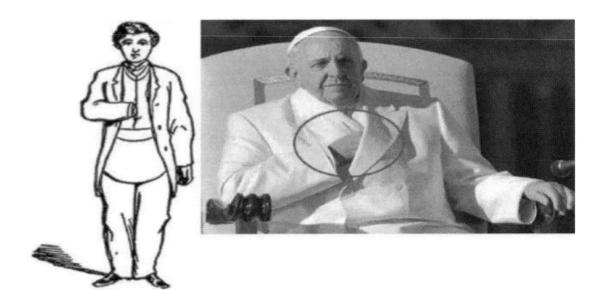

Signo del maestro del segundo velo

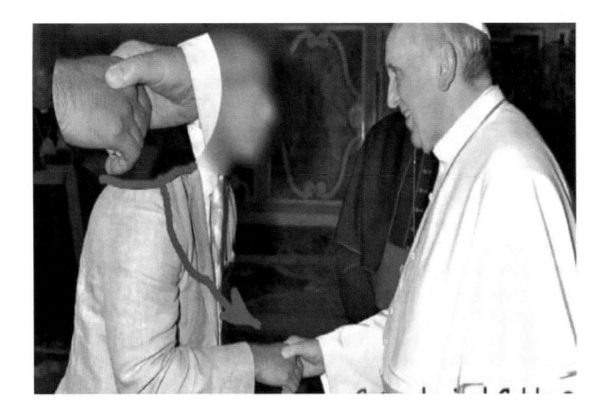

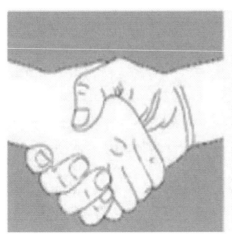 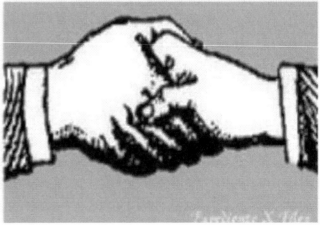

Saludo normal   **Saludo masónico**

Parte III
Sociedades secretas: Masones e "iluminados" o "illuminatis"

La idea del judío alemán Adam Weishaupt, que fundó la cúpula de los Iluminados el 1 de mayo de 1776, era el camino a través de la anarquía. El que su fundación tuviese lugar el día siguiente de la noche de Walpurgis, y el hecho de que ese día fuera consagrado mundialmente festivo "el Día del Trabajo", aclara todavía más la estrecha relación que existe.

El hecho que además el sello de los Iluminados aparezca con la fecha de 1776 en el dólar americano, asombra a aquellos que no saben que Washington era masón.

El Ojo de Horus, un símbolo que aparece en los ritos fúnebres egipcios. Horus es el hijo de Isis y Osiris y simboliza la "conquista de la muerte" por parte de Osiris, que renace a través de él. Esta deidad solar pierde su ojo luchando contra Seth, pero luego Thoth (el Hermes egipcio) restaura este ojo, simbolizando la luz interior que debe desarrollarse para cruzar las regiones oscuras del Am Duat, el ultramundo. En términos generales, es un claro símbolo solar, ya que el ojo es concebido por la mayoría de las culturas como un sol micro cósmico; y, también, un símbolo de la visión mística o de los estados de percepción más elevados que son alcanzados desarrollando lo que se conoce como el *"tercer ojo"*, ubicado comúnmente en la glándula pineal dentro de la anatomía esotérica.

En 1782 se decidió que el símbolo de un ojo sobre una "pirámide truncada" con 13 escalones fuera parte del Gran Sello de Estados Unidos; a esta imagen le acompañó la frase en latín "Annuit Coeptis", que se traduce como "aprueba nuestro comienzo" o "aprueba nuestra misión", queriendo decir: El ojo en la pirámide aprueba la fundación y el proyecto de nación; abajo dice "Novus Ordo Seclorum", que significa literalmente el "nuevo orden mundial" o "nuevo orden de los siglos". En la otra parte del sello aparece un águila con una rama de olivo y 13 flechas (los estados originales), inspirada de la mitológica ave fénix renaciendo de sus cenizas.

El Gran Sello de Estados Unidos es el resultado de tres comités que se formaron desde 1776 con la intención de definir este símbolo. La base del símbolo, incluyendo el ojo en la pirámide y la leyenda en latín, fue ideada por Benjamín Franklin, Thomas Jefferson y John Adams, quienes recurrieron para el diseño al dibujante Pierre Eugene du Simitiere. Estos tres "padres fundadores" de Estados Unidos han sido vinculados con los masones. En la época en que se redactó la constitución de Estados Unidos, 50 de 55 miembros del Congreso eran masones.

El símbolo del ojo en la pirámide tardaría cerca de 150 años en imprimirse también en el billete de 1 dólar.

La palabra "Illuminaties", del original latín significa iluminados en referencia a la corriente de la ilustración, pero no es más que una sociedad secreta formada en el siglo XVIII con la finalidad de dominar el mundo a través del nuevo orden mundial. Inspirado por los francmasones y los filósofos de la Ilustración francesa, Weishaupt creía que la sociedad ya no debía ser regida por las virtudes religiosas.

Quería crear un estado de libertad e igualdad moral donde el conocimiento no estuviera restringido por lo que llamaban "prejuicios religiosos".

Tan solo una década después de su creación, la sociedad fue infiltrada por las autoridades, las cuales interceptaron sus radicales escritos contra el Estado.

Los Illuminati fueron prohibidos y disueltos y Weishaupt fue desterrado de Ingolstadt para vivir el resto de su vida en la ciudad alemana de Gotha, 300 kilómetros al norte.

Después de ser disueltos, e inspirados por los masones, igual que en sus comienzos, esta sociedad secreta muestra evidencia de haber resurgido a pesar de que se han creado un sin número de teorías de conspiración que no son avaladas por los historiadores.

Muchos han encontrado en el billete de un dólar este tipo de cruz o símbolo:

Y pareciera ser el mismo tipo de cruz usada por el rey Shamshi Adad V, rey de Asiria (823-811 a.C.), nombrado "Adad" por el nombre de un dios conocido como "Hadad", equivalente al dios Cananeo "Baal", el dios sol.

Su cruz simboliza la adoración pagana a esa deidad.

Puedes ver el uso de ese tipo de cruz por este rey en la foto, como collar, en una escultura que es parte de la colección de antigüedades del Museo Británico en Londres.

Es exactamente el mismo tipo de cruz en el Pallium Papal:

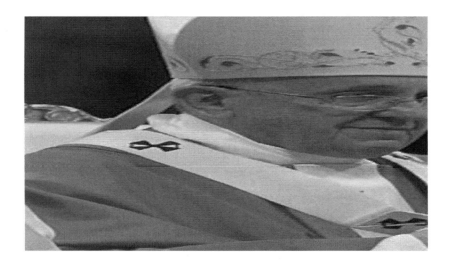

El ancho de cualquier billete es de 66,6 milímetros

66,6 mm

Si tomas en cuenta la fracción de un milímetro, será así.

La palabra "masón" está también oculta detrás del billete de un dólar, formando un hexagrama.

MASON

En la actualidad, mucha gente identifica el hexagrama como "estrella de David" o "Magen David" con el pueblo judío. La realidad es que para ellos, es un símbolo de identidad nacional no relacionado al ocultismo sino al recuerdo del holocausto.

El símbolo de la estrella de seis puntas o hexagrama es en también un emblema universal que posee unos orígenes remotos y ha sido utilizado con fines diversos por numerosas culturas: De talismán protector hasta símbolo alquímico o mero elemento decorativo.

En la Edad Media era habitual encontrar amuletos y talismanes que reproducían este símbolo, generalmente con la estrella inscrita en un círculo y acompañada de varios puntos.

Se creía que estos dibujos mágicos protegían a su portador del influjo de demonios y espíritus maléficos, o simplemente de la mala suerte y según los expertos en simbología, el hexagrama posee un significado similar al yin yang, como representación de los opuestos.

El Yin y Yang es uno de los símbolos más utilizados hoy en día, incluyendo los logos de muchas organizaciones y empresas.

"El Yin y el Yang se consideran opuestos. Yin representa la eternidad, oscuro, femenino, con el lado izquierdo del cuerpo, etc. Yang es su contrario, y representa la historia, la luz, lo masculino, el lado derecho del cuerpo, etc."(Philip G. Zimbardo y Ruch L. Floyd, Psicología y Vida, 1977].

"Yang es masculino, positivo, y representado por el sol. Yin es femenino, negativo, y representada por la luna."[Paul E. Desautels, El Reino de piedras, p. 237.]

También era frecuente grabar el sello del hexagrama en los marcos o dinteles de la puerta de entrada a las viviendas o en los escalones de las escaleras, con ese mismo carácter protector frente a los espíritus o ante posibles incendios

La identificación más antigua que se conoce de este símbolo con el pueblo judío data del siglo XIV, cuando los judíos de la ciudad de Praga lo usaron como signo de identidad; sin embargo, no sería hasta finales del siglo XIX, con los movimientos nacionalistas judíos, cuando adquiriría el sentido actual.

A pesar de este detalle, sí se conocen representaciones del Sello de carácter judío en épocas más antiguas, como algunos libros hebreos realizados en España en el siglo XIII.

La masonería también cuenta entre sus símbolos con el hexagrama, que aparece plasmado en motivos decorativos de las logias, así como en objetos y obras de arte de cariz masónico.

El autor masónico, Albert Mackey, nos habla de la connotación sexual de este hexagrama.

"El triángulo apuntando hacia abajo es un símbolo femenino correspondiente a la yoni y el triángulo apuntando hacia arriba es el macho, el lingam... Cuando los dos triángulos entrelazados, que representa la unión de las fuerzas activas y pasivas en la naturaleza, sino que representa el elementos masculinos y femeninos. "[Mackey, el simbolismo de la Francmasonería, 1869; también Albert Pike, Moral y Dogma, 1871; también Wes Cook, editor, ¿sabía usted esto? Viñetas en la Masonería del Real Arco Mason Magazine, Missouri Lodge para la Investigación, 1965, p. 132].

Para el masón, los triángulos entrelazados del hexagrama representan las relaciones sexuales. Veamos los templos masones:

Miremos también aquí:

Salón de Asambleas de la Iglesia Mormona en la manzana del Templo (Temple Square), Salt Lake City, Utah

En el ocultismo este es el significado, representando los "elementos":

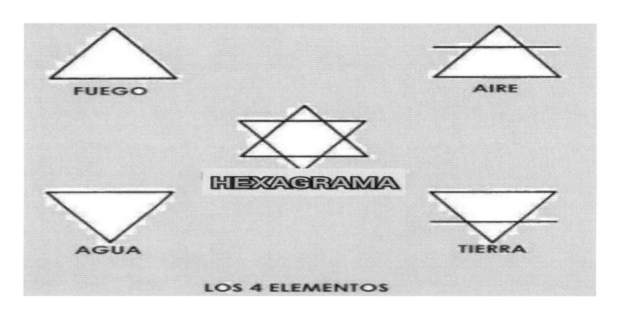

Baphomet

La representación más común de este dios masónico, que hasta ni para la vista es nada de agradable, es con la cabeza de macho cabrío, cuerpo de hombre pero con senos, alas y patas de cabra con un pentagrama en la frente. Va relacionado a dios mitológico "Pan", relacionado a la seducción y sexualidad.

En sus brazos tiene las palabras en latín "solve" y "coagula", que dan la idea de creación y disolución, esto tiene que ver con el principio hermético que dice "el universo es mental", por lo que es posible crear y disolver cualquier cosa con esta capacidad mental-espiritual. Este es el PRINCIPIO DE MENTALISMO.

La posición de los brazos de Baphomet, una arriba y otra abajo, representa el principio "como es arriba es abajo". Esto es el PRINCIPIO DE CORRESPONDENCIA.

Las manos de Baphomet y el ambiente que lo rodea dan la sensación de movimiento, representa el tercer principio que dice "todo en el universo está en constante movimiento", el PRINCIPIO DE VIBRACIÓN.

Los opuestos en la imagen de Baphomet, oscuro-claro, masculino-femenino, los pechos de mujer y el miembro masculino, la luna blanca y la luna negra, representan que "todo tiene dos polos, todo, su par de opuestos", el PRINCIPIO DE POLARIDAD. Y a la vez la sexualidad, que como ya hemos visto, es venerada por los masones y lo era por las culturas paganas, haciendo todo tipo de desórdenes sexuales en honor a sus dioses de la "fecundidad" o "fuerza creativa de la reproducción".

En la parte inferior de la imagen se ve agua en movimiento, provocado por las lunas en sus diferentes fases, este es el principio que dice "todo fluye y refluye, todo tiene sus periodos de avance y retroceso, todo se mueve como un péndulo", el PRINCIPIO DE RITMO.

EL PRINCIPIO DE CAUSA Y EFECTO también es representado por las palabras "solve" y "coagula", ya que para crear algo se necesita una acción a la que le corresponda una reacción.

Baphomet tiene una composición que representa que todo tiene sus principios masculino y femenino, y para que algo se genere se necesitan esos dos polos (el ejemplo más sencillo: se necesita un hombre y una mujer para generar un nuevo ser). Este es el PRINCIPIO DE GENERACIÓN.

A Baphomet se le ve también así, encerrado dentro de un pentagrama invertido, un símbolo satanista y ocultista:

Algunas brujas actuales suelen ejecutar sus hechizos pisando un dibujo del pentagrama invertido, para mantener dominadas las energías malignas.

Miremos ahora lo siguiente:

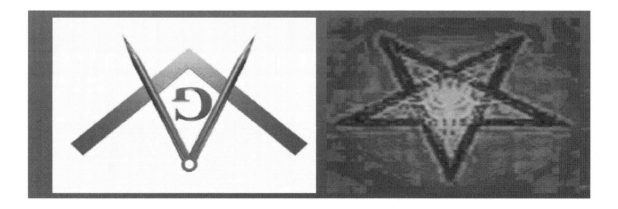

Relacionado al pentagrama, en la frente de Baphomet, aunque está presente como símbolo en el ámbito militar y policial, en el ocultismo es tomado de una forma diferente.

Los sumerios utilizaron el Pentagrama en sus rituales, y lo sostuvieron como objeto sagrado.

Pitágoras lo usaba como un símbolo de salud y sus seguidores lo usaban para reconocerse entre ellos.

Este símbolo, usado en la magia blanca por los ocultistas, representa al "espíritu eterno" que controla los cuatro elementos: Aire, Fuego, Agua y Tierra y es el símbolo de "La Gran Diosa". Entonces lo que ellos llaman los "elementos", cambian de posición en relación al pentagrama invertido:

En el ámbito militar y policial no se usa como símbolo ocultista ni para invocación de demonios obviamente, solo como rango.

En la masonería, la estrella se cinco puntas es demostrada así:

La representación más común de Baphomet, como ya dijimos, es con la cabeza de macho cabrío, cuerpo humano y alas, pero también es representado de forma oculta con cabeza humana, con barba, sin barba, o con dos rostros. Así:

Esta imagen también representa la cabra cornuda "Baphomet", escrita también como "Bafomet" o "Baphometti".

Muchos encuentran relación con el monumento a Washington.

Comparemos:

Hoy día es también una realidad innegable la infiltración del ocultismo en los medios de difusión, y obviamente muy fuerte relacionado a niños. Podemos dar muchísimos ejemplos relacionado a esto, pero solamente elegiremos uno, muy alarmante y específico, relacionado a series muy populares y conocidas dirigidas a los más pequeños, como el caso de Pokemón. Entre uno de los muchos personajes existentes en esta serie, haré mención solamente del siguiente a continuación:

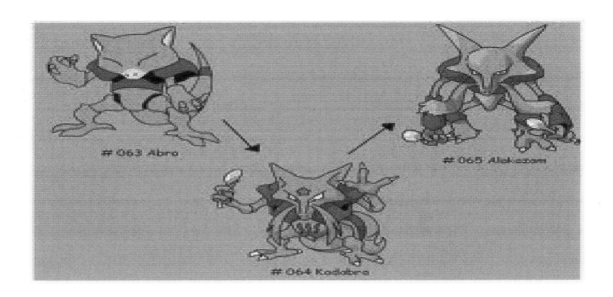

La transformación que ocurre aquí con el mismo personaje, es que primero es "Abra", luego "Kadabra" y después "Alakazam"

Cuando es "ABRA", a simple vista es un pokemón muy inocente, temeroso, lindo, un aspirante a mago, que disfruta escapar de batallas y conflictos usando transportación, siendo un perfecto "escapista" por naturaleza, digámoslo de esa forma.

A pesar de su tierna apariencia, se dice que éste pokemón es uno de los más malvados y crueles de la saga, usando la magia negra para hacer cosas malas, y poco a poco, ir adquiriendo una especie o tipo de control en la mente de los niños.

Al "evolucionar" a KADABRA, que es la evolución de "abra", es cuando en realidad este pokemón adquiere una cuchara de plata, cuchara que le da mayor poder y le hace como más "maquiavélico".

La cuchara es su principal arma de batalla pero en realidad la usa para comerse los cerebros de los niños inocentes. Si observamos cómo es "kadabra", nos daremos cuenta que se asemeja mucho a Baphomet, el dios masónico.

Se puede observar en su frente una estrella y en su pelvis tres líneas onduladas, los cuales son 2 de los 5 símbolos de la baraja Zener, un método utilizado en los años 20 para poner a prueba a supuestos clarividentes y adivinos.

En "Kadabra", los relámpagos dibujados en su abdomen, eran símbolos similares a los del cuerpo de combate Waffen-SS de la Alemania Nazi de Adolfo Hitler. Y no termina allí, ya que, al darle otra cuchara de plata, evoluciona a "Alakazam".

"ALAKAZAM" es un pokemón muy poderoso en ataque especial con una velocidad muy buena pero estas capacidades en realidad son para controlar a los niños, partirles el cráneo y comerse su cerebro a gran velocidad, es por esto que el cerebro de "Alakazam" nunca deja de crecer.

Alakazam es un malvado y diabólico Pokémon, del tipo psíquico, que se dedica a espantar niños, asechar a borrachos y a secuestrar específicamente cabras.

Miremos las comparaciones con Baphomet:

Pentagrama de Baphomet   **Alakazam**

En nuestra serie de libros "desenmascarando", hemos dado a conocer algo bien importante con lo cual debemos de cerrarle la puerta al enemigo: La magia se basa en el uso de las tres principales fuentes de lo que ellos llaman ***"generación"***, lo cual es el signo (señales con las manos), el símbolo, y el verbo (lo que se pronuncia).

Los nombres evolutivos de este personaje son palabras mágicas que son dichas por brujos o por gente que sencillamente hacen trucos que no son realmente magia pero que pronuncian estas palabras sin saber el significado concreto.

En pokemón, a partir de la sexta generación y solo en los combates, Alakazam puede "mega evolucionar" a Mega-Alakazam.

En este estado, le crece una barba blanca. Sus muñequeras se vuelven más grandes, tomando la forma de grandes mangas. Su cabeza crece adquiriendo una forma triangular y en su frente aparece un órgano de color rojo con el que se dice que emite un fuerte poder psíquico, y adquiere 5 cucharas en vez de 2, que levitan y amplifican sus poderes psíquicos. Dedica toda su energía a sus poderes psíquicos y nunca rompe su postura de meditación levitando en el aire.

La Palabra "abrakadabra" viene de un amuleto que usaban los gnósticos del siglo III para supuestamente "curar" a las personas. Esta amuleto tenia escrito "abracabra" en forma de triángulo descendente.

El gnosticismo, para explicarlo mejor, viene a ser lo mismo que quiso el ser humano hacer en el tiempo antiguo con la edificación de la torre de Babel; luego del diluvio: QUERER LLEGAR A LO ESPIRITUAL SIN DIOS APELANDO A LO MISTICO.

Con la palabra "ABRACADABRA", en antiguas tradiciones del Asia y Europa se creía posible construir un poderoso talismán o amuleto de forma triangular, escribiéndola en 11 renglones descendentes en los que se iba quitando progresivamente una, dos, tres, cuatro y así hasta 10 letras, culminando en la A sola en todas las esquinas de la figura. Se formaba así el triángulo donde se leía completo el ABRACADABRA por dos de sus lados, mientras que en el tercero sólo quedaba una hilera de 11 letras A. Se suponía que este talismán podía curar enfermedades y, en otros casos, incluso atraer la fortuna.

Los amuletos iban elaborados así:

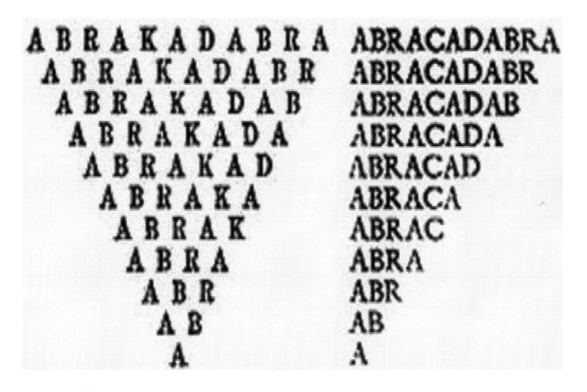

Esto es también lo preocupante, las tarjetitas que se le compran a los niños de estos personajes que ven en la tv y de lo cual NO se sabe el significado oculto:

El siguiente amuleto "abracadabra" que verás, era muy común para los gnósticos en su tiempo.

Sus símbolos son masones, como lo es el escarabajo, relacionado a la veneración al dios sol y a la reencarnación.

El de arriba, se llama el "águila bicéfala".

Mira a continuación:

El águila bicéfala es la insignia del grado 33° de la ceremonia escocesa antigua y además utilizado en la francmasonería, porque tiene un simbolismo que indica que una de sus dos cabezas mira hacia la infinidad del pasado y la otra hacia la infinidad del futuro, mostrando así el presente como un línea muy fina que contacta y une dos infinidades, Para ellos, estas dos cabezas significan sabiduría porque una señala el progreso y la otra el orden.

En la cultura masónica se utiliza este símbolo como la representación de los altos mandos, específicamente en el grado

30, el cual eran llamados caballeros del águila negra o blanca, o caballeros kadosh.

El significado que se le ha dado a este símbolo desde su origen son ambiguos y diversos, uno muy usual, referente a la masonería, es que representan a la hembra y el macho, a los principios binarios, y también representa a Isis y Osiris, además la asemejan con la imagen de un ave fénix que renace y los dos poderes de un solo cuerpo.

Ese símbolo del águila bicéfala, sale en una de las ediciones pasadas de libro "moral y dogma" del muy conocido masón de grado 33 Albert Pike.

En ese libro, es en donde él dice que "lucifer es el dios de su religión", y de forma muy abierta, específica e innegable. No se puede tapar "el sol con un dedo".

A continuación verás la página del libro en dónde él dice eso, en el idioma inglés, y la portada del libro en donde sale este símbolo de este tipo de águila en comparativa a una camiseta vendida para jóvenes.

Camiseta para jóvenes   *Portada de libro masónico*

> The Apocalypse is, to those who receive the nineteenth Degree, the Apotheosis of that Sublime Faith which aspires to God alone, and despises all the pomps and works of Lucifer. LUCIFER, the *Light-bearer!* Strange and mysterious name to give to the Spirit of Darkness! Lucifer, the Son of the Morning! Is it *he* who bears the *Light,* and with its splendors intolerable blinds feeble, sensual, or selfish Souls? Doubt it not! for traditions are full of Divine Revelations and Inspirations: and Inspiration is not of one Age nor of one Creed. Plato and Philo, also, were in...

Página 321 del libro "Moral y dogma"

En la porción del libro, la parte subrayada dice su traducción al español: "¡Lucifer, portador de la luz! ¡Un hombre extraño y misterioso para el príncipe de la oscuridad! ¡Lucifer, el hijo de la mañana! Es el que lleva la luz y sus intolerables esplendores, ciega débiles, sensuales o almas egoístas. ¡No lo dudes!".

Claramente esta persona era un adorador de Lucifer, pero lo que siempre harán los masones para atrapar a iniciados, es negar sus vínculos con la oscuridad, y negarlo al público en general.

Siempre las intenciones, incluido en esto los jesuitas, ha sido el control del mundo, y la llave de la conquista tiene que ver con Jerusalén, lo que siempre ha anhelado en enemigo y que conseguirá en el reinado del anticristo por breve tiempo, apoyando inicialmente la creación del Tercer Templo judío para luego traicionar con una falsa paz y declararse como Dios, y a la fuerza, controlar a la humanidad. La realidad es que ni los judíos ni los árabes entregarán la ciudad, y por eso los ocultistas buscarán que ambos entren en conflicto para sacar provecho de la sangrienta guerra que dice la Biblia que se aproxima.

Hemos ya visto que dentro del mundo de la masonería, conocida también como francmasonería, existen distintos

símbolos masónicos que pueden tener finalidades ornamentales así como describir conceptos claves de ellos.

La masonería aparece en Europa en el **siglo XVII** como un conjunto de organizaciones fraternales a partir de las agrupaciones existentes de artesanos y canteros.

La **letra G** ocupa un lugar importante dentro de los símbolos masones. Puede entenderse como la primera letra de las siglas "**GADU**": **Gran Arquitecto del Universo**. Que ya sabemos a quién realmente se refiere.

La colmena, es dentro de la tradición masónica una metáfora de la **logia** que también" representa la "**disciplina** y **cooperación**", lo cual se compara en las abejas, mientras que por el otro representa también la constante búsqueda de la perfección.

En algunos casos se representa la colmena rodeada de **siete abejas**, un número con propiedades especiales dentro de los rituales masónicos.

Este símbolo no solo está en algunas pinturas en el vaticano, como ya anteriormente vimos, sino de forma simbólica, expandido en partes de su techo.

Símbolo masónico de la colmena

Miremos ahora el **"Techo de colmena"** en el Vaticano en la siguiente foto:

Triple tau

La **triple tau** se dice que es en realidad un monograma de las palabras "**Templum Hierosolymoe**", que significa "Templo de Jerusalén" y se representa con las iniciales T y H, con un triángulo exterior, y rodeado por un círculo, como la mayoría de los símbolos ocultistas, en una versión añadida al mismo símbolo.

En su conjunto, este símbolo representa la muerte y la resurrección en los ritos masónicos.

El punto dentro de un círculo

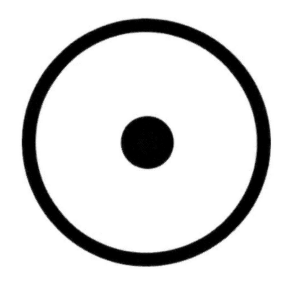

Es un símbolo utilizado en la masonería debido a su **simplicidad geométrica**.

Fue utilizado también por la **civilización egipcia** para representar a Ra, dios del Sol.

Más adelante, este símbolo fue utilizado entre los **alquimistas** para representar el oro. En la interpretación masónica también puede entenderse que el punto representa al **individuo** y el círculo sus **limitaciones**. Este símbolo ejerce una peculiar relación con el antiguo simbolismo del universo y el orbe solar. El punto viene a ser el órgano sexual masculino y el círculo el femenino, una modificación de la adoración al sol y símbolo del supuesto "poder fecundante" de este astro. Como creían los egipcios.

Ara o altar masónico

El altar masónico simboliza el punto de comunión con el "Gran Arquitecto del Universo (Lucifer)". Habitualmente se colocan encima del "ara" el libro de la ley masónica y los instrumentos masónicos del grado o rito que se trabaja. Se utiliza para **ceremonias** y **ritos masónicos** en los que se presentan juramentos y promesas.

¿Simbología masónica en compañías famosas?

Algunas semejanzas entre algunas imágenes que representan a compañías famosas, en comparación a la simbología masónica, nos hace preguntarnos si se trata de una "simple casualidad" o quizás es nuestro cerebro viendo patrones donde no los hay. Si no es así, pues claramente los dueños estarán expresando algún tipo de afiliación, gusto, tomaron un tipo de inspiración para diseño, o etcétera relacionado a lo que vamos a mostrar:

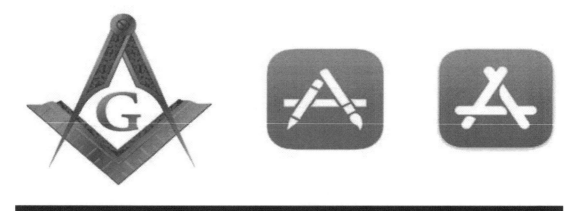

Simbolo masón (izquierda), ícono de Apple Store antiguo (centro), ícono de Apple Store actual (derecha).

Llama la atención la semejanza entre el clásico mandil masónico, un trozo de tela que se sujeta al cuerpo a la altura de la cintura por medio de una cuerda o cinta, en contraste con el ícono de Gmail, que además, comenzaría con la letra "G", muy representativa para los masones.

Izquierda: Imagen de mandil rojo del Rito Escocés Antiguo.
Derecha: Ícono de Gmail.

Algunos han hecho también la comparación de un símbolo con el ícono de google play o "google store", donde se descargan todas la aplicaciones para el sistema operativo Android.

La comparación es la siguiente:

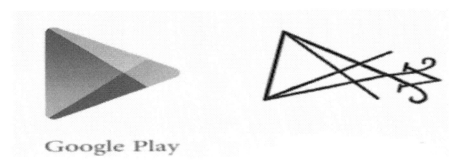

El símbolo de al lado, se llama "Sigilo de Lucifer", también conocido como el "Sello de Satanás, usado por satanistas, y se ve comúnmente así:

¿Han podido las sociedades secretas predecir el futuro?

Surgió una polémica debido a un par de libros escritos hace más de unos cien años y parecen relatar de forma exacta sobre el presidente de los Estados Unidos, Donald Trump.

El escritor de estos libros fue Ingersoll Lockwood.

Fueron dos libros infantiles de finales del siglo XIX, uno de ellos titulado "Viajes y aventuras del pequeño Baron Trump y su maravilloso perro Bulger", y la segunda "El maravilloso viaje subterráneo del Baron Trump".

Es increíblemente asombroso que de finales de los años 1800's, un autor escriba el exacto apellido del Presidente de los Estados Unidos. Las novelas narran las aventuras de un niño rico que tiene el mismo nombre del hijo de Donald Trump. Muchos se asombran que el dibujo de la novela que hace alusión al niño de la historia; es muy semejante al hijo del Presidente de Estados Unidos.

En la segunda novela, se narra las aventuras en donde el niño viaja al Norte de Rusia para descubrir una entrada a un mundo subterráneo en el interior de la tierra.

De esta manera de afirma que la tierra no es "una bola sólida", en donde visitará ***"GOOGLE LAND"***.

Demasiada semejanza vemos allí y sin disimulo, a google, el gigante de la información.

En esa tierra, de acuerdo a las novelas, el pequeño vivirá interacciones con personajes de contexto ficticio.

Muchos dicen que hay bastantes mensajes ocultos y mucho más. Pero este escritor escribió otra novela llamada "1900, el último presidente", donde relata una historia en New York, en donde la ciudad se encuentra en estado de agitación, después de que un "Bryan" llegara a la presidencia de Estados Unidos, ganando al candidato favorito por una pequeña cantidad de votos y causando un gran revuelo social. En la novela se puede leer literalmente: "…Grandes multitudes se están organizando bajo la dirección de anarquistas y socialistas"… "…El Hotel en la quinta avenida será el primero en sentir la furia de la multitud".

Es sorprende, que allí mismo en la actualidad, se encuentra la Torre Trump, que tiene su residencia privada en el ático.

En la novela, se dice que el presidente elige a "Lafe Pence" como secretario de agricultura. Esto se vincula directamente con el Vicepresidente "Mike Pence". El apellido es el mismo.

Lo alarmante del libro es que, según dice su autor, la inestabilidad política termina con la destrucción de la cúpula de Capitolio por una explosión de dinamita, lo cual provoca el fin del presidente.

Como cierre de la novela, se lee un final confuso y misterioso que dice: "…Aquella cúpula destrozada, gloriosa incluso en sus ruinas… Un solo ojo humano lleno de un brillo de alegría diabólica, lo miró largo y tendido y entonces su dueño quedó atrapado y perdido en la humanidad que sostenía alrededor del Capitolio".

Parece ser que se predice un ataque terrorista en el cual las sociedades secretas tienen que ver por causa de conflicto de intereses contra el presidente electo.

No se puede negar que al final está haciendo alusión al ojo de Horus, relacionado a una simbología clave para reconocer la intervención de sociedades secretas globalistas contra el primer mandatario de la nación, y lo que se narra en el final, lo pudiéramos ilustrar así:

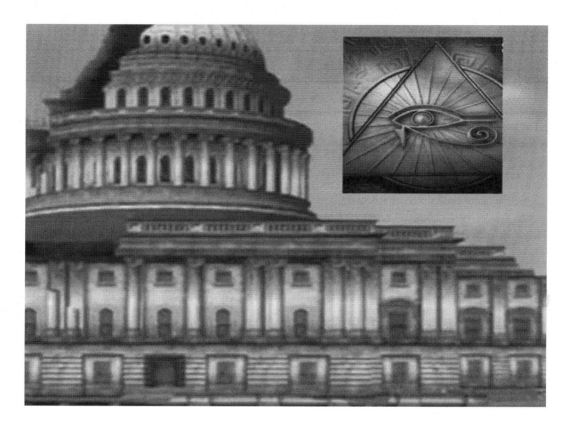

Sabemos que todo lo puede cambiar el poder de la oración, y una vez se mira hacia lo que puede ser un futuro o una advertencia futura, no todo necesariamente se tiene que cumplir, una vez se sabe lo que sucederá.

Cuando vivía en Puerto Rico, Dios si me demostró el Capitolio de Puerto Rico destruido y con mucha gente alrededor, reunidas luego de un evento catastrófico en todo el país. Debido a que dibujar, no figura tan bien en mis cualidades, mandé a ilustrar la revelación con un pintor de Arecibo y muchos sin saber que era yo que había mandado a hacerlo, se detenían a mirar, aun cuando no quise poner en el dibujo ningún destrozo para no llamar mucho la atención ni que nadie se escandalizara.

Se dibujó así:

Es en el sentir de muchos, que se acercan GRANDES eventos para diferentes partes en el mundo en un tiempo designado por Dios antes del arrebatamiento de la iglesia. Este, su servidor, está de acuerdo con eso porque tiene que haber un despertar y es lo que la Biblia misma profetiza en Mateo 25, en la parábola de las 10 vírgenes, donde se dice que tanto insensatas como sensatas cabecearon y "se durmieron" porque el esposo, tipo de Jesús mismo, se tardaba (Mateo 25:5).

Pero más adelante se dice que se oyó el clamor que alertaba que el esposo venía y todas despertaron, con la diferencia que unas todavía tenían aceite en sus lámparas y otras no.

Si la iglesia representa la novia, los de afuera que alertan que el esposo viene, son los acontecimientos que vendrán. Mantén el aceite en tu lámpara para que pueda estar encendida. Mantén al Espíritu Santo en ti y no dejes que nada ni nadie te separe del amor de Dios en estos tiempos tan malos.

Guarda esto en tu corazón y grábalo allí:

"Por lo cual estoy seguro de que ni la muerte, ni la vida, ni ángeles, ni principados, ni potestades, ni lo presente, ni lo por venir, ni lo alto, ni lo profundo, ni ninguna otra cosa creada nos podrá separar del amor de Dios, que es en Cristo Jesús Señor nuestro" (Romanos 8:38-39).

CONCLUSIÓN

En la Biblia habla sobre un rey justo: Ezequías.

En 2Reyes 20, se nos dice él había enfermado y fue librado por la mano de Dios, pero luego, en los versos 12 al 13, nos dice que "en aquel tiempo Berodac Baladán, hijo de Baladán, rey de Babilonia, envió cartas y un regalo a Ezequías, porque oyó que Ezequías había estado enfermo. Y Ezequías los escuchó y les mostró toda su casa del tesoro: la plata y el oro, las especias y el aceite precioso, su arsenal y todo lo que se hallaba en sus tesoros. No hubo nada en su casa ni en todo su dominio que Ezequías no les mostrara".

Por este motivo, fue profetizado al rey Ezequías la futura caída de Judá, el restante Reino del Sur, frente a esos mismos babilonios. Aquí podemos ver un principio espiritual aplicable a todos nosotros y que es lo que está pasando a muchos hoy día: Toma bien las decisiones de a quienes abrirás las puertas de tu bendición y de donde Dios te pone, porque además de que Dios no puede ser burlado, cuando tomas el camino equivocado con la gente equivocada, esa será la misma gente que se llevará lo tuyo. Dios no es policía ni bombero para llamarlo más que cuando necesites y usarlo como "muñeco de trapo". Y precisamente, la caída de Judá fue por todas las cosas que exactamente están sucediendo en muchos países, familias e iglesias hoy: Se le está abriendo la puerta a lo contrario, tanto en el plano material como el espiritual.

El remedio de la enfermedad de Ezequías fue Dios, los babilonios no, sino más bien, los que más tarde se robarían TODO, con el único interés de seguir su propia agenda.

Saca la idolatría de tu casa y limpia los aires de tu morada. Hay un moderno culto a Baal, y muchos creyentes también le han dado paso al enemigo, como Ezequías, rey de Judá.

A Baal Zebub, resumido después a "Belcebú", príncipe de los demonios, los hebreos pusieron en él un término despectivo de "señor de las moscas" para burlarse del hecho de que los templos donde era adorado, estaban REPLETOS de moscas que se alimentaban de la sangre de los sacrificios, que no era recogida y que se dejaba pudrir dentro de los templos paganos.

Saca la pudrición, límpiate. Dice en la Biblia también el triste hecho del rey Ocozías (2Reyes 1), que quedó mal herido al caer del balcón alto del piso de su casa, y mandó a consultar a este dios de Ecrón, Baal Zebub, para saber si se repondría de sus heridas, lo cual causó el celo de Dios y provocó que, como Dios mismo le dijo por medio de Elías, que no se recuperara y muriera.

Consulta a Dios, no tomes atajos y límpiate. Dios te bendiga grandemente, tu casa y tu familia, y desenmascare ante ti toda obra de iniquidad, y trampa del maligno contra ti. Ante todas tus luchas, no olvides que eres un más que vencedor, pero solo por medio de Dios, y Él no tiene sustitutos.

SI NO LOS TIENES, RECUERDA QUE PUEDES ADQUIRIR LA SERIE COMPLETA EN AMAZON

Made in the USA
Columbia, SC
24 November 2020